為美好的世界獻上爆焰！

芸芸的回合 2

暁 なつめ

illustration 三嶋くろね

Kadokawa Fantastic Novels

強力放送令人好奇的那個小鎮的情報！

「紅魔之里」的不滅目錄 Eternal Guide

撰文、攝影／有夠會

觀光設施介紹

就連魔王也退避三舍的我們紅魔之里，有著許多美好的觀光景點。途中可能會碰上強大的魔物，來訪時還請留心喔。

▶許願之泉

獻上斧頭就能召喚掌管金銀的女神，投入錢幣就能實現願望的神聖泉水。

▶插著聖劍的岩石

插著傳說之劍的岩石。據說拔起劍的人能夠得到強大的力量。

▶大眾浴場「混浴溫泉」

管理人以「Create Water」加水，並發射「Fire Ball」加熱的豪邁溫泉。

▶咖啡廳「死亡劇毒」

餐飲同店名都是一絕。其他像武器店「屠殺哥布林」等，這個村里有許多擁有死忠支持者的店家。

特別注目！

紅魔之里有著培養大法師的英才教育機構。本單元介紹在此學習的未來的大法師們。說不定打倒魔王的優秀人才就在其中喔。

紅魔之里的學校座位圖

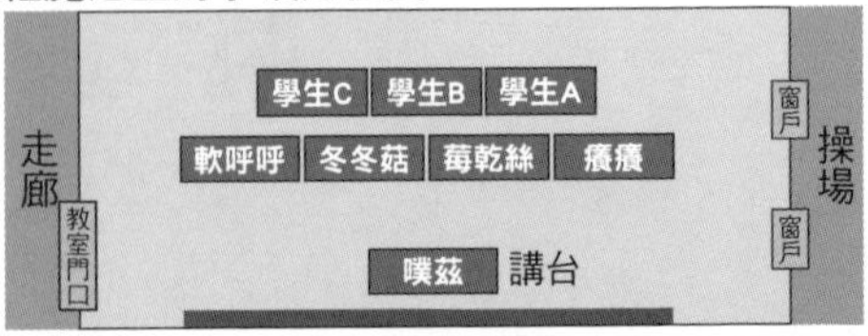

突襲訪問畢業生——「紅魔族首屈一指的天才」！

沒錯，
我就是「紅魔族首屈一指的天才」。
我的目標是「最強」。對於渺小的上級魔法，我一點興趣也沒有。

可見千里遠的展望台
「巴尼爾彌特」
靈峰「龍之巔」
魔神之丘
養殖場
女神遭
封印之地
地下
機庫
邪神之墓
許願之泉
神祕的巨大設施
插著聖劍的岩石
貓耳神社
學校
綠花椰宰家
魔力供給設施
惠惠家
農業區
大眾浴場
「混浴溫泉」
族長家
聚落
商業區
鷲獅像
怪物
博物館
武器店、咖啡廳

序章

最近變得不太黏我，也不肯和我一起睡的妹妹，今晚難得鑽進我的被窩裡。

「——但是那名少年說了。『只要有外掛就不需要同伴了。單打就可以了，賺多少都是我自己的，單打最棒了！』那名少年擁有的力量，確實足以讓他一個人打天下……」

米米的目的似乎是要我唸故事書給她聽。

抱著我們家的緊急備用糧——點仔，米米在我身邊躺平了。

「姊姊，『外掛』是什麼？」

好像有點想睡的米米這麼問。

「外掛這個詞，有非正規、作弊的意思。聽說有些名字很奇怪的人經常使用這個詞彙。簡單來說，就是超級厲害的力量。」

「哦哦。」

米米再次回到聽故事的姿勢，我也繼續唸了下去：

「少年非常強悍，單槍匹馬打倒一個又一個魔王的爪牙。」

這是個非常有名……

「因為和少年正面衝突也沒有勝算，被逼急的魔王便陷入思考，到底該怎麼做才能打倒少年呢？於是，魔王發現少年總是單打獨鬥。」

有名到每個人都聽過的，很久很久以前的故事。

「少年攻進魔王城時，與之對峙的魔王軍幹部這麼說：『哪有勇者像你這麼孤單的啊，太好笑了吧！照理來說應該都是和夥伴同心協力，克服種種困難之後打倒魔王，這樣才是標準勇者吧！你就連朋友也沒有，到底是為了什麼，又是為了誰而戰？你乾脆加入魔王軍算了啦，我們這邊可是美女如雲喔！』魔王的幹部又說，等你想到答案再來吧，於是少年便乖乖回去了。」

終於，瞇著眼睛，臉上寫滿睡意的米米，把頭靠在躺著唸故事書的我的右肩上。

「不久之後，少年再次攻進魔王城。然後他與魔王軍幹部對峙時這麼說了。『我不是孤單，而是孤傲的單打玩家。我也不是沒有朋友，而是故意不交朋友。我知道找來同伴只是絆手絆腳罷了……而且，虧你還敢說什麼美女如雲，我才不會因為那種甜言蜜語而上當呢！和魔王交易的下場肯定很慘吧？我啊，可是為了人類的和平而戰！懶得理你了，我的目的是魔王的首級！現在我就放你一馬，快滾吧！』見少年指著自己的鼻子斬釘截鐵地這麼說，魔王軍幹部回應道：『你剛才的台詞，如果不是苦心思考了一個星期之後才說的話，或許還有點帥吧。』——少年終究還是沒有放過魔王軍的幹部。」

米米把我的肩膀當成枕頭，沉沉睡去。

我小心翼翼地避免吵醒米米，再次看著唸給她聽過好幾次的故事書說：

「暴跳如雷的少年就這樣一個人往魔王城的最深處進攻。已經沒有任何人能夠阻止少年了。最後，少年來到魔王面前——」

第一章

爆裂尼特的就業活動

raison d'etre

1

在邪神僕人的騷動之後，過了一段時間。

因為學會了魔法而從學校畢業的我和芸芸，開始走上各自的道路。

那個時候學了中級魔法的芸芸，為了學習上級魔法，加入了守望相助隊，和那些閒著沒事的大人一起狩獵怪物，每天都在修練。

至於我——

「尼特姊姊，早安！給我飯吃！」

「別、別叫我尼特姊姊好嗎，米米！而且妳從哪裡學到尼特這個詞的啊！」

……則是過著無所事事的每一天，連妹妹都用尼特來稱呼我了。

「聽好了，米米。我不是尼特。所謂的尼特，是指不打算工作的廢人。一直有在求職卻找不到適合的工作，想工作也沒辦法的我，不能叫作尼特。」

「不然叫作什麼？」

…………

「待、待業中……？」

「尼特姊姊給我飯吃！」

「米、米米！」

無情的妹妹以奇怪的稱呼叫著我，害我只能扶著疼痛的頭。

——在紅魔之里這個地方，除了有幾個人經營著生活必需品的店家之外，大家從事的工作都是製作紅魔之里的特產。

所謂紅魔之里的特產——

就是活用我們與生俱來的高強魔力，製造出來的高品質魔道具和魔藥之類。

比方說，我和芸芸什麼也沒多想就喝下肚的升技魔藥，要是拿到村里外面去賣，好像是一瓶可以賣到好幾千萬艾莉絲的稀有物品。

在畢業的同時聽班導告訴我這件事的時候，我還想著為什麼沒有留一瓶下來，而後悔到咬牙切齒呢。

紅魔族製作的魔道具，品質多半都是最棒的。

大法師這個職業本來就是魔法師的上級職業，並不是任何人想當都可以當的。
然而，這個村里的所有居民卻都在一出生的時候就蘊藏著成為大法師的資質。
如此專精於魔法的專家們所製作的各種魔道具，支撐著這個村里的財政。
——我沉沉地嘆了一口長氣。
「……如果今天可以找到願意僱用我的工房就好了……」
我一邊準備米米的早餐，一邊這麼自言自語。

2

——離開村里，成為冒險者，然後找到教我爆裂魔法的那個人。
這就是我的目標。不過……
想要離開村里並成為冒險者，首先就必須到其他城鎮去才行。
然而，紅魔之里附近棲息著許多強大的怪物。
發了爆裂魔法之後就會動彈不得的我，只憑自己一個人實在無法抵達其他城鎮。
所以，我原本是打算找以瞬間移動維生的傳送業者幫忙，請他送我到城鎮去，但是……

「前往水與溫泉之都——阿爾坎雷堤亞，單程要價三十萬艾莉絲。我手上只有四千艾莉絲……唉，有沒有什麼好賺的打工啊……」

看著自己的錢包裡少得可憐的資產，我重重嘆了口氣。

我想去的城鎮叫作「阿克塞爾」，聽說新進冒險者都會聚集到那裡去。

不過，只有弱小怪物棲息的新進冒險者城鎮，對於能夠使用上級魔法狩獵強大怪物才叫作正常的紅魔族而言，似乎並不是一個有需求的傳送地點。

瞬間移動的傳送地點，必須事先前往目的地進行登錄才行，而沒有人要去的阿克塞爾，自然不存在於傳送業者的登錄目的地當中。

因此，想要去阿克塞爾的話，只能請業者將我傳送到離那裡最近的城鎮阿爾坎雷堤亞，再以徒步的方式或搭乘馬車前往。

所以，為了賺取傳送的費用，我一直在村里當中找工作，只是……

——就在我沉思著這些事情時，發現有個鄰居從前方朝我走了過來。

「嗨，惠惠，妳今天也要去找工作啊？還是早點放棄，加入我們對魔王軍游擊部隊如何？和我們還有芸芸一起守護村里的治安吧！」

「我、我才不要呢……而且那個內向的女孩居然有辦法加入你們啊。」

「是啊，她還挺有幹勁的喔。她還說，下次要確實保護好同伴，為此也想早日學會上級魔法呢。」

儘管對於Red Eye Dead Slayer這個隊名感到很不好意思，芸芸還是和這個尼特一起加入了守望相助隊，作為學習上級魔法的修練的一環。

綠花椰宰他們雖然是尼特，以魔法師而言卻是一流高手，芸芸好像跟著這樣的他們，不分晝夜地賺取經驗值。

「話說回來，綠花椰宰不工作沒關係嗎？你爸媽都很難過耶。」

「現在父母和世人依然冷眼看待我們，不過總有一天，能夠讓我們充分發揮力量的大戰一定會到來。為了迎接那個時刻，我要繼續磨利我的獠牙。」

說著，綠花椰宰拉了拉手上的露指手套，發出皮革的摩擦聲，然後說：

「我先走了，惠惠。咱們同是尼特，要是遇到什麼困難，除了錢之外我都可以幫妳。」

「我、我才不是尼特！我很認真在找工作好嗎！」

背對著連忙這麼回嘴的我，綠花椰宰頭也不回地揮了揮手，就這麼離開了。

……不妙。

非常不妙。

現在的我，在米米眼中就和那個一樣嗎？

今天，我無論如何都得找到打工再回去才行——

紅魔族的工作當中，就屬製作魔道具最容易賺錢。

所以，我從學校畢業之後，就到各式各樣的工房去面試，但是……

「我記得今天是要去製作魔力纖維的切K烙的店面試吧……今天一定要成功……！」

我用兩隻手拍了拍自己的臉頰提振氣勢，然後前往今天的面試地點。

3

「**歡迎光臨！吾乃切K烙！身為大法師，擅使上級魔法，乃紅魔族首屈一指的服飾店老闆！**妳來了啊，惠惠。妳是來接受打工的面試吧。」

明明是在店內，身上的披風卻不知為何飄了起來，並以如此的報名台詞迎接我的，是村里當中唯一一間服飾店的老闆，切K烙。

或許是真的太閒了吧，這位中年老闆好像是為了讓披風不斷飄盪而一直維持著風之魔法等我來的樣子。

說完報名台詞之後，切K烙一臉滿足地脫掉披風。

「那麼，就到後場的工房來吧。我店裡的主要工作，是製作用來編織帶有魔法的長袍的魔力纖維。魔力纖維的強度與灌注魔力的術士力量成正比。就先讓我瞧瞧惠惠的魔力吧。」

「我知道了。你就好好見識吾之強大魔力吧。」

在被帶到工房內場的途中，我挺起胸膛如此放話。

魔力的量是我唯一有自信的一點。

「那麼，妳對這個灌注魔力看看吧。妳學會魔法了吧？就依照妳平常使用魔法的感覺，對這個灌注魔力就可以了。」

切K烙一面說明灌注魔法的方式，一面將布匹遞給我。

然後為了示範，他自己也拿起一匹布，並灌注魔力。

原本是白色的那匹布，逐漸變成了紅魔族喜歡的深沉黑色。

目睹了布匹的變化，一方面也因為好奇心作祟，我連忙接過了布匹。

依照平常使用魔法的感覺灌注魔力。

依照平常使用魔法的感覺…………

「……惠惠？等等，惠、惠惠！」

越是灌注魔力，我的心情就越是亢奮，眼睛也自然變得神采奕奕。

現在，我的眼睛一定閃著鮮紅色的光芒吧。

一想到今天無論如何都得找到工作，我的氣勢便更是高漲！

注入了我的魔力的布匹，轉眼間變成漆黑，後來變成紅褐色，接著又漸漸變成了更加鮮豔的紅色……！

這時，切K烙突然拿走我的布匹。

他慌張地將布匹丟到店面深處……

「『Freeze Bind』！」

然後如此吶喊，將染成鮮紅的布匹瞬間凍結。

接著，一臉鐵青的切K烙說：

「妳在想什麼啊！是想砸了我的店嗎？那匹布差點就要爆炸了耶！」

「不、不好意思！可、可是，我只是照你說的去做而已……」

糟了，這下事情的發展又會變成和我去其他工房的時候一樣……！

切K烙歪著頭說：

「奇怪了……？妳的等級只有剛從學校畢業，再怎麼用盡全力灌注魔力，應該也不至於變成這樣才對啊……」

他一面碎碎唸，一面拿了一塊手帕大小的布料過來。

「不然，妳試著碰一下這塊布吧。不需要灌注魔力，只要把食指放上去就可以了。」

聽切Ｋ烙這麼說，我輕輕將手指放在他遞出來的手帕上。

結果，只見手帕漸漸染上了黑色，最後和剛才一樣變得鮮紅……

「『Freeze Bind』！」

切Ｋ烙再次施展了剛才的魔法，將染上鮮紅的手帕凍結。

然後，他緩緩搖了搖頭。

「看來，惠惠與生俱來的魔力似乎太過強烈，而且妳好像還無法順利控制那股魔力。」

切Ｋ烙一臉歉疚的看著我說：

「惠惠的爸爸飄三郎先生也一樣，總是無法掌控強大的魔力，老是作出一些奇怪的魔道具。魔力過於強大是無可奈何的事情，不過惠惠應該多練習一下魔法，提升魔力控制的精準度。如此一來，應該就能學會控制注入的魔力量才對。等妳辦得到了再來找我吧。」

就這樣，我得到了已經不知道是第幾次的不予錄用通知。

——走出服飾店，我不知道該何去何從。

其他的工房也都對我說過類似的理由，一天就炒了我魷魚。

該怎麼說呢，似乎是因為我的魔力太過強大了吧。

照理來說，這應該是很值得高興的事情才對……

問題是，我只會用爆裂魔法，所以無論我再怎麼練習魔法，也不可能搞懂該怎麼控制魔力的注入量。

爆裂魔法的魔力消耗相當驚人，在施展魔法的時候永遠都是使盡全力。

其中不存在任何控制魔力注入量這部分。

願意僱用我的魔道具工房這下終於歸零了。

乾脆幫忙爸爸製作魔道具，賺點零用錢算了？

不行不行，爸爸的魔道具全都是缺陷品，完全賣不出去，這點我很清楚。

我們家原本就已經夠窮了，根本擠不出零用錢給我。

這樣一來，就只剩下……

我劃開步伐前進，去找在村里製作魔藥的師傅——

「事情就是這樣。我原本就知道這一行賺得比製作魔道具還少，因此一直敬而遠之，不過事有輕重緩急，所以我就跑過來了。我對製作魔藥很有自信，請僱用我吧。」

「老實回答求職動機，沒有說謊，這樣固然很可取，不過妳就不能說點像是為了幫助世人而前來鑽研魔藥之道或是什麼的嗎？」

「那就當作是這樣好了。」

「少瞧不起人啊。」

我硬是闖進村里製作魔藥的工房，直接拜託老闆面試我。

說到製作魔藥，我在學校實習時頗有表現。

再怎麼樣大概也很難製造出升技魔藥那種高難度的東西，不過就算是我應該也有辦法在這裡打工才對。

原本一臉困惑的老闆，最後終於想開了，嘆了口氣說：

「我們店裡原本是不缺人啦……不過，既然妳說只是為了賺取傳送費用想做短期打工，就讓妳來幫忙好了。」

「謝謝你！」

成功了！早知道就不要那麼貪心，一開始就來製作魔藥的工房就好了！

看來，只要扯上跟錢有關的事情，我就很容易迷失自我呢。

我得改掉這個壞毛病才行，否則將來找到同伴之後很有可能因此被討厭。

「那麼，調合師的人手已經很夠了，就先請妳幫忙收集魔藥的材料吧。妳到村外的森林去獵個三隻一擊熊，取牠們的肝回來吧。」

為了尚未謀面的未來的同伴，現在就要……

「………你剛才說什麼？」

「我想請妳去弄三個一擊熊的肝。對了，那邊有會散發出怪物喜歡的香味的魔藥，妳可以拿去用。用來吸引怪物很方便。」

魔藥店的老闆快活地笑著這麼說。

一擊熊對於一般的冒險者而言是強敵，但是對於學會了上級魔法而從學校畢業的紅魔族來說，只不過是用來賺經驗值的獵物罷了。

但是以我而言，要從那種對手身上只取回肝臟是不可能的任務……

……看來，我連製作魔藥的打工都做不來。

——走出魔藥店，這下子我真的不知該何去何從了。

……傷腦筋。

真是太傷腦筋了。

人稱天才的我，竟然找不到工作。

再說了，我現在還在分食妹妹不知道從哪裡得手的食物，以現狀而言已經算是有點非人哉的程度了吧。

魔藥店的老闆說，不然還有試喝新藥的打工。

事有輕重緩急，就算得喝詭異的藥，我是不是也該挺身一試呢？

可是，我比同輩的其他小孩都還要嬌小，身體也很孱弱，這樣能接受試藥實驗嗎？

我已經不知道該怎麼辦了。不過，在這樣的精神狀態下，再煩惱也找不到好的答案。
沒錯，這種時候就是該那個。
為了準備今晚的那個，我決定今天先回家睡覺。

4

——深夜。在所有人都已經就寢，只聽得見微弱蟲鳴的靜謐村里中，響起了巨大的爆炸聲響。
不久之後，通知緊急事態發生的鐘聲就響徹整個村里。
「又來了啊————！」
「可惡，今晚絕對不能讓那個混帳逃掉！」
村里之中到處都傳出類似這樣的叫罵聲。
半夜被吵醒的大人們憑著一股怒氣，往空中發射業火魔法充作照明。

在空中亮起一點也不像深夜的光芒之中，有兩個人影正在鬼鬼祟祟地移動。

「米米，動作快！痛痛痛痛痛痛！米、米米！不要拉腳那邊，拉上半身這邊啦！」

沒錯，就是我們。

「姊姊，今天的煙火也好漂亮喔！妳明天還要放嗎？」

「連續兩天的話應該會有人戒備吧……算了，要是我改變心意的話明天也來放吧……話說回來，米米，這次拉我的上半身這邊是沒錯，但是能、能不能更小心一點啊……！」

朝夜空發出爆裂魔法並耗盡魔力的我，被米米慢慢拖著走。

妹妹還這麼小，只憑她自己的力量當然不可能拖得動我。

我現在躺在一個木製的，類似雪橇的東西上面讓她拖著走，不過雪橇本身並不大，身體會有一部分掉在外頭。

她剛才拖下半身那側，害我的腦袋差點被磨平，所以她現在拖的是上半身這邊。但……

「可是再不趕快的話會有人來耶。」

聽妹妹這麼說，耗盡魔力而疲憊不堪的我只抬動了頭，看見不斷朝空中發射魔法的大人們正在慢慢逼近我們。

這、這可不妙！

「米米，稍微粗魯一點也沒關係！快點離開這個地方！」

「收到！」

——目前，紅魔之里正因魔王軍的襲擊所苦。

說是襲擊，其實也只是在大家都已熟睡的深夜發出爆炸巨響的惡作劇。

真不知道犯人到底是為了什麼目的做出這麼小家子氣的惡作劇。

每次大家都會立刻在村里附近搜山，但總是讓犯人逃掉。

從大規模的爆炸跡象和總是能夠成功脫逃來研判，村民們之間的共識是——這很有可能是魔王軍幹部等級的人物所進行的恐怖攻擊。

事情發生在我和米米一起回到家之後的隔天早上。

「妳給我出來啊啊啊啊啊啊啊！」

明明是一大清早，卻有人一邊這樣大喊，一邊敲著我家的門。

我揉著惺忪的睡眼，將門打開。

「……有什麼事嗎，芸芸？大清早就這麼吵……妳沒想過會吵到這附近的鄰居嗎？」

「惠惠有資格說這種話嗎！吶，真虧妳敢這樣說！為了找出昨晚那場爆炸騷動的犯人，我一直被使喚到現在耶！」

或許是因為徹夜工作的關係，眼睛底下冒出黑眼圈的芸芸對著我咄咄逼人。

「這種事情跟我說也沒用啊，聽說犯人是魔王軍的幹部級人物不是嗎？要抱怨的話不應該找我，應該去找那個犯人才對吧。」

我如此裝傻，芸芸便皺起眉頭，把臉湊到我面前來。

「這樣啊——惠惠真心覺得最近頻繁發生的爆炸騷動是魔王軍搞的鬼啊。」

「那當然啊。犯人的手法那麼高明，肯定是非常有名的幹部搞的鬼吧。難怪這個村里的人和菜鳥紅魔族芸芸會對付不了，這也不能怪你們啦。」

我臉不紅氣不喘地這麼回應，而太陽穴不住跳動的芸芸便接著說：

「這樣啊——！雖然爆炸騷動總是發生在惠惠出門找工作但沒被錄用的那天晚上，卻是魔王軍搞的鬼啊！」

我對用力抓住我的雙肩，把臉湊得更近的芸芸說：

「那、那還用得著說嗎！是怎樣？難道妳在懷疑我嗎？芸芸明明就知道，我要是施展魔法之後，就會因為魔力耗盡而動彈不得啊！」

正當肩膀被抓住的我思考著有沒有辦法逃跑的時候，芸芸抽搐著嘴角說：

「這——樣——啊——！那每次在發生爆炸騷動的隔天早上，總是早起的米米卻都不見人影，也都只是巧合啊！」

唔，這下不妙了！

「這、這是什麼意思？該不會是真的在懷疑我吧？我太失望了！唉，芸芸真是太讓我失望了！虧我還把妳當朋友，看來妳並不這麼認為啊！如果是朋友的話，怎麼會懷疑我呢！」

結果，芸芸的紅眼一閃，太陽穴迸出青筋，雙手夾住我的頭說：

「妳要是以為搬出朋友兩個字我就可以原諒一切的話，那可就大錯特錯了啊啊啊啊！」

「啊啊啊啊快住手啊好啦我知道了！腦袋……人稱天才的我的腦袋啊啊啊！」

由於被抓住頭猛力搖晃，我只好對芸芸一五一十地從實招了。

「真是夠了！為什麼惠惠老是這樣！妳是白痴嗎？雖然人家都說惠惠是天才，但妳果然是跨過那一線之隔的白痴對吧？」

「哼……」

被迫跪坐在地板上的我正在接受芸芸的訓話。

芸芸現在加入了守望相助隊。

儘管是領不到薪水的掛名守望相助隊，像這種時候還是會理所當然被派出去巡邏。

該怎麼說呢，她好像在第一次發生爆炸騷動的時候就已經猜到是我幹的好事了。

「這次的幕後黑手確實是我，不過知道芸芸是這種隨便懷疑朋友的人，讓我很失望。」

「妳還敢講！不如說，幸好我是第一個察覺犯人是妳的人吧！妳知道要是被別人發現的話，事情會變成怎樣嗎！大家都那麼期待惠惠的表現，要是村裡的人知道妳學的是爆裂魔法，大家才是真的會對妳感到失望吧！」

芸芸如此怒罵，讓我嚇得縮起身子。

爆裂魔法是搞笑魔法。

魔力的消耗量高到一般人無法使用，破壞力大到足稱過度殺傷。

再加上學習所需的技能點數量等等，點了這招的人肯定是大笨蛋——這在魔法師之間算是常識。

我維持著跪坐的姿勢，偷偷瞄了一下芸芸的臉色並說：

「可是，雖然自己這樣說好像不太對，但是妳不覺得以我而言已經算是忍耐很久了嗎？我學會爆裂魔法到現在已經將近半年了耶，就算我的耐性再好，也差不多忍耐到極限了。」

「妳、妳說的再怎麼振振有詞，我也不會理妳啦！總而言之，在風波平息之前不准妳用爆裂魔法！聽懂了沒！」

「我會積極檢討，謝謝指教。」

「…………」

「我我、我聽懂了啦！不要在這麼近的距離用那種眼神看我好嗎！」

5

一直待在玄關講話總是不太體面，所以我請芸芸進到家裡來。

「所以呢？妳接下來要怎麼辦？工作都沒著落對吧？」

芸芸一邊摸著在矮桌上縮成一團的點仔，一邊這麼說。

也沒有什麼好怎麼辦的，工作沒著落我也沒轍。

「事有輕重緩急，既然已經落到這番田地我也沒辦法了。看來我只能採取最後的手段，出賣自己的肉體了。」

沒錯，就是魔藥店的老闆提過的，試喝新藥的打工。

雖然還是有點不安，但事已至今，也只能靠身體來賺錢了。

「啥——？妳妳妳妳、妳在說什麼啊！惠、惠惠，妳到底在說什麼？妳應該要再更愛惜自己一點才對呀！」

聽我說完，臉色一陣紅又一陣白的芸芸連忙這麼說。

「話是這麼說沒錯，但是我能依靠的也只剩下自己的身體了。話雖如此，我的身體比一般的孩子還要瘦小，應該還會要再確認一下我是不是真的能夠勝任。」

我可不是平白無故翹掉體育課的。

我敢肯定，自己的體能在班上絕對是吊車尾的那一個。

新藥測試員的打工，應該還是找身體強健的人比較好吧。

還是說為了調查副作用，找像我這樣略嫌瘦小的小孩反而比較好呢？

「不不不不、不可以這樣做啦！而而、而且還說自己的身體瘦小，妳才十三歲耶，今後還有機會啊，現在放棄還太早！我覺得以惠惠的狀況來說，應該只是平常營養不足罷了！聽話，我等一下請妳喝牛奶就是了……」

芸芸以同情的眼神看著我，同時這麼說。

但是，她的視線為何是往我的胸口跑呢？

不過，芸芸說的沒錯，我或許是因為運動不足加上營養不足才會比別人還要來得瘦小。

可是，為什麼要請我喝牛奶？

要請客的話就請一些更能填飽肚子的東西嘛，這樣我還會開心一點……

「話雖如此，人家也是出自一番好意嘛。難得有這個機會，我還是答應魔藥店老闆的提議好了。」

「那個大叔看起來一臉好人樣，居然對妳提了這種事情嗎？不可原諒，竟然抓住惠惠沒錢的弱點，要妳做這種事情……！」

原本乖乖坐著的芸芸突然站了起來，緊握拳頭。

她、她是怎麼了？感覺一副隨時要衝出去揍人的樣子啊。

試喝新藥或許是伴隨著危險沒錯，但也不需要氣成這樣吧？

該怎麼說呢，看她認真為我擔心到這種地步，讓我在略感困惑的同時又有點不好意思。

「不、不是啦，沒錢確實是我的弱點沒錯，但老闆也是好心要幫助缺錢的我嘛……我確實是有點害怕，也很緊張，不過那個老闆是出了名的技巧高明，應該不會讓我太難受才對。只要閉著眼睛乖乖躺個半天左右就可以，這種工作再輕鬆不過了。」

「技巧高明？什麼？那位大叔竟然因為這種事情而出名嗎？他分明不但有老婆，連小孩都有耶，真是不敢相信！」

我原本是想安撫芸芸的，不知為何讓她更加義憤填膺。

情緒激動不已的芸芸，眼睛閃現了鮮紅色的光芒。

她是怎麼了，為什麼這麼生氣啊？

都已經是有小孩的人了，竟然想拿別人家的小孩來實驗新藥。她是想這樣說嗎？

「不、不會怎樣啦，芸芸。我在這幾個月當中剛好過了十三歲生日，已經不是小孩子了。而且老闆也說，他正好想在我這個年紀的小孩身上做些嘗試……」

聽說，他好像想嘗試能夠預防我們這個年紀的小孩容易得的病的藥。
「不可原諒，我絕對不會原諒他！正好想再惠惠這個歲數的小孩身上做些嘗試？我這就去一把火燒掉那間魔藥店！」
「等一下！芸芸今天很奇怪喔，妳是怎麼了，等一下啦！」

6

一邊覺得黏在肩頭上的點仔的份量好像有點重，我一邊和芸芸一起走在村里當中。
「真是的！我之前就這麼覺得了，芸芸是不是妄想男女關係過頭了啊！妳怎麼會覺得我會去做那種見不得人的工作呢！」
「可、可是可是！誰教惠惠說得那麼容易讓人誤會嘛！」
後來，我覺得到雙方的認知好像兜不太起來，總算解開了彼此之間的誤會。
「再說了，我所謂的身體瘦小，指的是因為營養不足而造成健康和體能方面的虛弱！並不是指發育狀態！不過是自己最近稍微長大了一點就瞧不起我，妳這個人也太失禮了吧！」
「既然妳要這麼說的話，為什麼還拐我請妳喝牛奶！我原本也覺得有點奇怪啊！怎麼會有人為了那方面的事情而找上身體瘦小的惠惠！」

「啊！妳竟敢這麼說！我的身體瘦小歸瘦小，還是有部分群體就是喜歡像我這種體型的喔！芸芸才是，既沒有大到像有夠會那樣霸氣十足，又不像我這麼低調，這種身材不上不下的人，卻從剛才開始就瞧不起我，真令人不爽！」

「不、不上不下！妳說我不上不下！」

走在前面的芸芸猛然轉過頭來。

「沒錯，妳就是不上不下！身材也不上不下，學的魔法也不上不下！男人對妳的喜好想必也是不上不下……啊！妳、妳想幹嘛！」

「妳這個傢伙啊啊啊啊啊啊啊啊！」

我和淚眼汪汪地撲向我的芸芸扭打了起來，而黏在我肩頭上的點仔便因此滑了下去。

我從後頸拎起點仔，將牠再次放回肩頭，牠便伸出爪子緊緊抓牢，以免再次掉下去。

或許是因為看著這樣的我和點仔緩和了心情……

「真是的……別再讓我擔心妳了好嗎？」

依然一臉不開心的芸芸這麼說。

「哦？妳那麼擔心身為競爭對手的我啊？」

「咦？沒、沒有啦，不是……！也不能說是擔心啦，應該說要是妳又因為找不到打工而亂發爆裂魔法洩憤的話，倒霉的還是我啊！別說了，走吧！」

說出這種傲嬌發言之後，走在我前面的芸芸繼續前進。

剛才說完魔藥店那件事之後。

我找芸芸商量了出外旅行需要錢的問題，還有實在是找不到工作的問題之後，她表示要一起幫我找打工。

到頭來，芸芸還是一個很會照顧人又好騙的女生。

不過，村里每一間工房都拒絕過我了，應該已經找不到地方打工了才對……

「——就是這裡！這間店在中午時間人很多，可是工作人員就只有老闆大叔自己一個人而已！每次都看他工作得很累，應該願意僱用妳才對！學校放假的時候，一個人吃午飯很寂寞，所以我經常坐在這裡的長椅上望著人群吃便當。」

芸芸帶我來的，是村里熱門的定食店。

我和芸芸坐在距離定食店稍遠的長椅上，觀望著店裡的狀況。

芸芸還不經意地說出自己的心酸小故事，不過我想還是不要追問下去好了。

「嗯——那間店的生意確實是一直都很好，感覺應該願意僱用我才對，可是……」

聽出了我的言下之意，芸芸歪著頭說：

「妳不想在那裡工作嗎？老闆大叔是個很好心的人喔。我一個人坐在這張長椅上吃便當的時候，他總是會問我『外面這麼冷，要不要進來我店裡坐在桌子旁邊吃？』……」

「越聽越心酸了啦！別說了好不好，應該說妳乖乖到店裡點他們的東西來吃不就得了！我的意思也不是不想在那間店工作啦……只是妳也知道，在魔道具工房和魔藥工房以外的地方打工的話，工資比較少嘛。」

「妳就是因為這樣挑三揀四，才會一直找不到工作啦！妳得打工存錢才有辦法出去旅行吧？妳之前說要找到那個『長袍大姊姊』的夢想又怎麼了！快點啦，走吧！」

嗯……這樣說也是有點道理啦。

拉著仍在猶豫的我的手，芸芸往定食店走去。

「——不好意思，我想在這裡打工。」

等客人少到一定程度，老闆大叔比較有空閒的時候，我便去請求大叔給我面試的機會。

順道一提，原本那麼積極的芸芸到了不太熟悉的對象面前又畏縮了起來，最後還是我自己開了口。

原則上她好像還是有想要協助我的意思，只是現在躲在我身後不知所措。

「哦？妳不是飄三郎家的女兒……好像叫惠惠是吧？妳想在我店裡打工？我是無所謂，

不過這裡的薪水沒有魔道具工房和魔藥工房那麼高喔。」

「當然沒關係！無論是洗碗還是什麼我都做！請務必僱用我！」

人稱天才的我，竟然得到定食店打工啊……

真要說的話，我還是想找和魔法有關的打工，但事有輕重緩急。

也罷，就算要找那個身穿長袍的人，我目前又沒有線索，也不是那麼急。

做些像女服務生這種簡單的工作，一點一點存錢再出發也還不遲。

我平常就代替經常不在家的雙親照顧米米，多虧有這樣的經驗，做菜還難不倒我。

比起被叫去收集魔藥的原料，女服務生的工作簡直太輕鬆了——

「削完馬鈴薯皮之後就去收盤子洗碗然後把放在冰箱裡等入味的大蔥鴨的肉拿出來！」

「好我馬上做！」

之前把事情想得那麼簡單的我，簡直就是白痴。

——時間剛過正午，是客人最多的時段。

紅魔之里的餐飲店家屈指可數。

擁有許多常客的這家店，呈現有如戰場一般的景況。

我手忙腳亂地削完馬鈴薯皮之後，收回盤子開始清洗。

在這樣的我身旁，不知為何，就連沒有必要打工的芸芸也被分派了工作，聽從吩咐專心一意地不停切著高麗菜絲。

「惠惠，有客人上門了盤子先別洗了先去點餐！」

「我知道了！」

我忙到都快要暈頭轉向了。

幫剛來的客人點完餐之後，我立刻回來繼續洗盤子⋯⋯

「特餐兩份好了，把這個端出去！還有，又有新的客人進來了，順便去幫他們點餐！」

「好、好的，我馬上做！」

我把特餐端給客人之後，連忙去幫新來的客人點餐。

「歡迎光⋯⋯」

就在我露出微笑問候客人，準備點餐的同時——

「呃——要吃什麼呢⋯⋯⋯⋯等等，這不是惠惠嗎！」

「什麼？真的耶，是惠惠耶。妳開始在這種地方打工啦？」

⋯⋯我才發現新來的客人是軟呼呼和冬冬菇。

她們把視線從手中的菜單上移開，看著穿著圍裙，做女服務生打扮的我竊笑不已。

不知道她們到底覺得哪裡那麼有趣，現在這麼忙，我只希望她們快點決定要吃什麼！

也不知道她們懂不懂我這樣的心情，軟呼呼上下打量著我說：

「妳這身打扮很可愛呢，店員小姐。呵、呵呵呵……！惠惠她……！那個人人稱為天才，在班上幾乎毫無可乘之機的惠惠，竟然穿著圍裙露出微笑……！啊哈哈哈哈！」

「還笑咪咪地問候我們耶！說、說歡迎光臨時還露出微笑！啊哈哈哈！分明以前體育課什麼的也都不和別人一起，總是擺出一副孤傲的天才的樣子！吶，妳再笑一次看看嘛！」

……

「不好意思，可以幫兩位點餐嗎……」

面對看著我拍桌大笑的兩人，我可以感覺到自己的太陽穴正在不住抽動。

忍耐，要忍耐。

紅魔族的個性是有人找碴就絕不避戰。

對紅魔族而言這是鐵一般的戒律，不過這裡是吃東西的地方。

而且，我現在正在面對客人做生意。

要報復的話，等到工作結束之後也不遲。

我好不容易才找到這份工作，要是現在一時耐不住性子，教訓了她們，未免太幼稚了。

或許玩弄著什麼反應也沒有的我而感到膩了吧，軟呼呼和冬冬菇終於開始點餐。

「惠惠，告訴我們這間店有什麼推薦的餐點吧。」

「啊，我也想知道！要推薦和軟呼呼不一樣的餐點喔！」

推薦餐點啊。

我記得，老闆告訴我的推薦餐點是……

「今天的推薦餐點是使用當季時蔬的炒青菜特餐，還有大蔥鴨的蔥多汁多特餐……」

「這樣啊，那我要點河魚特餐。」

「我點這個今日特餐就好了。」

我差點就襲向她們。

忍耐，要忍耐，千萬要忍住啊。

等我下班以後，絕對要好好報復她們兩個傢伙。

聽說軟呼呼是個超愛她弟弟的弟控，我看就去灌輸她弟一些有的沒有的事情好了。

冬冬菇則是意外膽小，趁她一個人的時候去糾纏她好了。

就在我這麼說服自己的時候——

「捉弄起來一點也不起勁。算了，要快點把餐點端上來喔。」

「就是說啊，肚子也餓了，逗弄惠惠又不好玩。」

她們兩個一派無聊地這麼說。

好，我確實忍過去了。我也是會成長的。

等等，這麼說來我還沒收錢。

這間店的規矩是要先付錢。

「那麼，河魚特餐七百艾莉絲，今日特餐六百艾莉絲。」

我報上費用之後，她們互看了一眼，帶著不懷好意的笑容說：

「妳在學生時代一直對芸芸敲竹槓，現在都出社會了，換妳請別人吃一頓也不會遭天譴吧，妳說對吧？」

「好主意！大叔——我們的帳就從惠惠的打工錢裡面扣掉……等等，呀啊啊啊啊啊！」

「喂喂！是、是我們不好！我們認錯就是了，不要繼續詠唱魔法啊啊啊！」

7

「妳也太沒耐性了吧！雖然軟呼呼同學和冬冬菇同學也有不對，但是妳才剛開始打工不到一個小時耶！竟然在店裡開始詠唱魔法，妳到底在想什麼啊？這次是沒有人發現，但有些人應該光是聽詠唱的內容就知道妳要用的是爆裂魔法了吧！到時候就連栽贓給魔王軍的爆炸騷動，也會被發現犯人就是惠惠啊！」

「我知道，我知道啦，我有在反省了……」

正當我準備施展魔法的時候，其他客人制止了我，結果我只好用別的方法報復她們。

由於附近的客人正好在吃關東煮特餐，我就借用了一下，把熱呼呼的關東煮塞進她們兩個傢伙的嘴裡。

讓她們哭著回家之後，我理所當然的就被……

「像這樣一直被炒魷魚，其實我還滿受傷的。難道就沒有什麼適合我的工作嗎……」

就連和魔法無關的打工都被炒了，這難免讓我有點沮喪。

「我、我想到了！如果是那個工作，惠惠應該也做得來吧？」

於是芸芸這麼說，對我提出了下一個打工地點。

8

——厚厚的雲層籠罩了天空，感覺隨時都會下雨。

在這樣的氣氛之中，三名紅魔族帶著認真的表情，各自拿著法杖，分開來站著。

「要開始囉──！」

其中一位大姊姊在遠處如此大喊。

聽見她的聲音，散開到別的地方的其他人也跟著舉手示意。

確認他們有聽見了，在遠處大喊的大姊姊便將法杖拄在地面上，然後……！

「**以吾之魔力為食糧，賦予此地偉大的豐穰吧！**『Earth Shaker』！」

隨著誇張的台詞，她大聲詠唱了魔法。

我想，她大概將所有魔力都灌注在剛才的魔法當中了吧。

大姊姊發動了強大的地屬性魔法，範圍更是廣及眼前這整片廣大的土地！

大地因而起伏、震盪，有如脈搏一般流動。

施術者隨心所欲地挪動土壤，擴展在我面前的廣範圍土地，完成了耕耘──！

沒錯，這只是在耕耘。

隨著誇張的台詞，消耗了龐大的魔力，卻只是耕耘了一大塊土地罷了。

見證了這一切之後，另一名男子抱著一個大箱子站上前去。

他將抱在手上的箱子放到地上之後，高舉法杖，一臉認真地放聲吶喊：

「**大氣啊，風啊，狂嘯怒吼吧！順應吾意！飛上天際吧！**『Tornado』！」

灌注了足以震盪天空的大量魔力所施展的風之魔法，將箱子裡的東西捲了起來，然後撒在耕耘過的大地上。

沒錯，這是聲勢浩大的播種。

看著如此播種的豪邁景象，男子滿意地點了一下頭，然後向最後一個人打暗號。

「**吾全能之力足以扭曲世間定律，亦能隻手掌控天候！**『Control Of Weather』！」

隨著充滿氣勢的聲音，烏雲密布的天空開始下起雨來。

我還在想他們從剛才開始就不知道在燒什麼東西，看來是用了降雨的魔法。

……目的似乎是在播完種的農地上澆水。

明明只是普通的農務作業，卻全都毫不吝惜地使用大量魔力，以強大的魔法進行。

——整個紅魔之里所需的食糧，是由僅僅十名左右的農民提供。

這個村里的人口有好幾百人。

而這好幾百人份的食糧，就是在現在擴展在我眼前的這片廣大的農業區，以如此豪邁的方式生產出來。

我想，這就是所謂的浪費魔法才能吧。

高等級的紅魔族用盡魔力來耕田，此情此景要是被國家的高官們看見的話，肯定會咬牙切齒地說太浪費了吧。

高官們應該會說寧願我們把魔法用在和魔王軍戰鬥上，而不是這種事情吧。

「今天大概就這樣了吧！魔力幾乎都耗盡了，我們也去幫忙採收吧——！那麼，就拜託打工人員囉！」

第一個使用魔法的大姊姊看著我們這麼說。

芸芸所說的那個工作，就是採收蔬菜。

耕耘、灑水之類的工作是可以靠魔法來進行，但是採收就必須依靠人力，以手工的方式進行了。

我和芸芸也跟著幾乎耗盡魔力的農民們幫忙採收。

芸芸在另外一頭的田裡，碰上活跳跳的馬鈴薯大軍抵抗，似乎陷入了苦戰。

在小顆的馬鈴薯不斷以假動作玩弄她的同時，又有別的馬鈴薯撞擊她的膝蓋後彎，害她跌倒。

大概是因為被蔬菜瞧不起而動怒了吧，芸芸拔出銀色的短劍嚇唬馬鈴薯。瞄了一下這樣的她，我也開始著手採收自己負責的青蔥田。

我拿著鐮刀，蹲到第一株青蔥旁邊，青蔥卻在快要被刀刃抵住的時候輕身躲過。

看來今年的蔬菜長得特別好呢。

我調整了一下心情，這次先用左手緊緊抓住青蔥的根部，然後將鐮刀抵上去……

——結果被青蔥「啪」的一下甩了巴掌。

…………

「妳們兩個，那些都是重要的商品，採收的時候盡量別弄傷了喔！」

就在我們兩個幼稚地和蔬菜認真打起架來的時候，大姊姊如此叮囑我們。

——和蔬菜奮戰了幾個小時之後，我們終於結束了自己負責的田地的採收工作。

……農家的工作也好辛苦啊。

早上要很早起，又得和害蟲、害獸戰鬥，到了採收的時期還是得戰鬥才行。

難怪農家的人們有很多在紅魔族當中也是等級特別高的一群人。

「辛苦了！明明是第一天來幫忙，妳們兩個的動作倒是挺俐落的嘛。來，這是薪水！方便的話明天也請妳們來幫忙吧！」

從大姊姊手上接過今天的工錢之後，我拖著沾滿泥濘，而且髒汙不堪的身體，和芸芸一起回家。

三搞四搞的，時間也已經來到了傍晚。

早上出門的時候我幫米米準備了早餐和午餐，不過她應該也差不多肚子餓了吧。

「嗚嗚……我暫時不想看見馬鈴薯了……為什麼那麼喜歡瞄準我的膝蓋啊……哪有蔬菜比怪物還要聰明的啦，真是討厭……！」

被馬鈴薯撞倒好幾次的芸芸，一面以袖子擦拭沾著泥土的臉頰，一面哭訴。

「多虧這樣讓我們也升等了，還不壞啦……但我從沒想過農家是這麼辛苦的工作……」

我和芸芸的等級都提升了。

因為採收蔬菜而升等總覺得心情有點微妙，不過這也表示今年的蔬菜真的非常有活力，是一群強敵。

今天的薪水是四千艾莉絲。

以打工幾個小時的收入而言算是挺高的。

……不過，距離我的目標三十萬艾莉絲還差很遠。

而且，採收蔬菜的打工也做不了幾個月。

我不禁嘆了口氣，同時喃喃地說：

「……這樣讓我好想真的跑去賣身喔……」

「啥！」

聽著芸芸驚叫出聲，我回顧起今天發生的事情。

軟呼呼她們跑來找我的碴，就連青蔥也找我的碴，實在有夠慘……
這種時候，真想爽快地發個爆裂魔法，發洩一下。
可是，要是繼昨天之後，今晚又引發了騷動，就算是芸芸也會生氣吧……
就在一邊這麼想，一邊和芸芸一起走回家的時候，我忽然察覺到一件事。
平常，我總是請米米拖著因為耗盡魔力而動彈不得的我回去。
我之所以在村子裡施展魔法，是因為不能帶著米米到村子外面那麼危險的地方。
但是現在……
「芸芸，妳這麼值得依賴，我有件事想拜託妳。」
「值、值得依賴？妳是怎麼了啊，惠惠。總是認為自己是第一名，沒辦法坦率讚美別人的妳居然說出這種話，還真是難得啊。」
原來大家是這麼看待我的啊。
「……我偶爾也會讚美別人啊。要道謝也難不倒我。謝謝妳今天陪我一起打工！」
「不、不客氣……所以呢？妳想拜託我什麼？」
或許是因為被我稱讚有點害臊，芸芸紅著臉，歪頭這麼問。
「我希望妳接下來可以陪我去一個地方。我們就來個小約會如何？」
說完，我對她笑了笑。

9

「啊啊啊啊啊啊啊！白痴白痴，我這個大白痴！我知道惠惠是個白痴，但是現在的我更是比惠惠加三級的白痴！」

在距離村里稍遠的森林之中，芸芸淚眼汪汪地如此吶喊。

「聽說比起有點莫名小聰明的女孩，有點小白痴的女孩比較可愛，也比較吃香喔。」

「吵死了，閉嘴啦！真是的，惠惠，妳再抓緊一點！不然會掉下去喔！」

芸芸在森林之中奔馳。

而她的背上，當然還背了一個我。

「芸芸的背還挺寬的呢，背影看起來相當值得依賴。」

「喂！對女生說這種話不對吧？妳再說這種沒禮貌的話，我就把妳丟在這裡喔！」

一隻怒火中燒，長滿鮮紅色鱗片的蜥蜴型怪物在背後追著我們。

好像是因為我施展的爆裂魔法餘波將牠炸飛，讓牠失去理智了。

「覺得總比在村裡施展魔法還要好的我真是個白痴！真想教訓幾十分鐘前的我！」

「別責備自己了，芸芸。人家有求於妳就無法拒絕，我覺得這樣的妳非常有魅力。」

「小心我真的把妳丟在這裡喔！啊啊啊啊，媽媽——！」

——只要有芸芸在，就可以請她背我回家。

我原本是這麼想，所以才請她陪我去發爆裂魔法，但大概是挑錯地方施術了，魔法波及了一隻正在睡午覺的火龍獸，並炸飛了牠。

於是現在，我們陷入了這樣的狀況……

背著耗盡魔力動彈不得的我，邊哭邊在森林奔馳的芸芸，儘管背著我，依然健步如飛。

不愧是文武雙全的模範生。

「有時候，我還真希望芸芸是個男生呢。每到緊要關頭妳總是很可靠，而且就算再怎麼抱怨，妳還是一直配合我的任性。」

「妳給我適可而止喔！真要說的話，妳還比較像男生吧！頭髮又短發育又……痛痛痛痛！喂，不要在這種時候扯我的頭髮啦！」

聽芸芸提到發育什麼的，我忍不住扯了她的頭髮，害她放聲慘叫。

或許是因為這樣而失去了平衡，芸芸絆到樹根跌倒了。

當然，在她背上的我也飛了出去。

至於伸爪扒在我肩上的點仔，只有在這種時候輕盈地從我身上跳了下去，平安無事。

「痛痛痛……都怪惠惠在這種緊急時刻做蠢事啦！」

「妳在說什麼啊，先提我的身體特徵的明明就是芸芸……！啊，怪物快要追上我們了，請妳快點把我背起來。」

「……吶，我可以真的把妳丟在這裡嗎？」

正當受不了我的芸芸煩惱著該不該把我背起來時，怒火中燒的蜥蜴已經追上我們了。

「這下糟了。芸芸，請下定決心，現在正是迎戰的時候！對手只有一隻，而且還是據說在村里周邊的強大怪物中最弱的火龍獸！只要留心牠的噴火，現在的芸芸應該也能打贏！」

「我或許是打得贏啦！可是惠惠，妳趴在地上說那種台詞看起來真的超遜！」

芸芸拔出腰際的短劍，面對那隻蜥蜴——也就是火龍獸，並與之對峙。

為了見證這場戰鬥，我使盡力氣翻身，變成仰躺的狀態。

跌倒的地方正好有樹根可以當枕頭墊著，讓我勉強能夠看到戰鬥的狀況。

名為火龍獸的大型爬蟲類，是以四腳爬行的方式移動。

牠趴在低處仰望著芸芸，還不時吐出紅色的舌頭嚇唬她……

不，那不是舌頭。

如同名字所示，火龍獸這種蜥蜴會吐火，而牠用來嚇唬芸芸的也是小小的火舌。

「明明追上了卻沒有立刻攻擊，照這樣看來……哼，芸芸，看樣子敵人很怕我們呢。」

「說什麼我們啊，牠在警戒的明明就是我吧！可是用爆裂魔法炸飛牠的可恨仇人毫無防備地躺在我的腳邊，所以牠一定不肯放棄吧！」

芸芸瞪著蜥蜴這麼說。

這時，我覺得肚子上多了一個重量。看過去便發現是點仔悠閒地爬到我身上窩成一團。

「……在這種危急時刻，這個孩子還是相當氣定神閒呢。」

「大概是像到某位飼主了吧！」

芸芸盯著一點一點拉近距離的火龍獸，改以單手拿著短劍，然後向前伸出另外一隻手。

蜥蜴和她之間的距離大概只剩下四公尺左右。

這個距離的話，蜥蜴隨時有可能撲過來。

「『Freeze Gust』！」

在芸芸大喊的同時，蜥蜴身邊的空氣變成了一團白霧。

看來她用中級魔法製造出冰冷的霧氣來了。

蜥蜴的紅色表皮結了一層霜，將紅色的鱗片染成雪白。

剛才還用力揮動的尾巴，動作也漸漸變慢。

爬蟲類的怪物都怕冷。

原因至今尚未解開，但對爬蟲類的怪物施展冰凍系的魔法，怪物的動作就會變慢，這是流傳在魔法師之間的常識。

但是，儘管身上結了霜，行動也變得遲緩，那隻蜥蜴依然沒有停下接近我們的動作。

芸芸見狀，準備施展別的魔法，給牠致命的一擊……這時，她發現在那隻表皮已經結霜的蜥蜴身後，又冒出了兩隻新的蜥蜴。

「哦，知道打不贏我們，所以叫了幫手過來啊。這邊有我和芸芸、點仔，人數倒是不相上下……不過，看來還不需要我上場呢。芸芸，快點解決掉牠們。」

「妳躺在地上說那是什麼話啊！當然是走為上策！只有一隻也就算了，我可沒辦法一邊保護動彈不得的惠惠，一邊對付三隻火龍獸……！『Freeze Gust』！『Freeze Gust』！……惠惠，我們直接逃走吧！牠們的動作已經變這麼慢了，就算背著惠惠我也可以成功逃開！」

也對另外兩隻施展了魔法之後，芸芸一點一點後退，遠離蜥蜴們，然後牽起我的手，把我撐了起來。

就在點仔為了不讓自己掉下去而伸爪抓住我的長袍時，芸芸已經重新背好我，接著背對了蜥蜴們……

正當她準備起跑的時候，蜥蜴吐出了一大團火焰！

「好燙！芸芸，好燙！冰、冰凍！快對我施展冰凍魔法！我的背是不是燒起來了啊？」

「沒、沒事啦！看起來只是長袍的邊邊有點燒焦而已！要準備逃走囉！」

芸芸背著我衝了出去，於是，發現我們要逃跑的蜥蜴再次吐火。

然而，火焰沒燒到芸芸，而是燒到讓她背著的我的背……！

「啊啊啊啊！喂，芸芸，我的背、我的背啦！」

「不要亂動啦！等一下又跌倒怎麼辦！我再跑遠一點就沒事了！」

重新背好燙得一直掙扎的我，芸芸頭也不回地這麼說。

「芸、芸芸！追上來了、追上來了，又出現新的蜥蜴了！這下真的一點也不好玩了啦！快逃吧，逃快一點啦！」

「我知道啦！不要抓那麼緊，這樣我很難跑耶！真是的，我受夠了！我再也不會陪妳做這種事情了啦——！」

10

好不容易逃離那群蜥蜴的我們剛回到村裡就發現，或許是因為爆裂魔法的聲音傳了回來，所以引起了一陣不小的騷動。

看來只是跑進森林裡好像還不夠遠。

「喔！惠惠、芸芸，妳們還好吧？怎麼搞成這個樣子，發生什麼事了？」

身為自稱守望相助隊，正在村里周圍戒備的綠花椰宰發現了我們。看見我們身上到處都是焦痕，便這麼問。

平常就被我拿來當成便服穿的學校制服，因為那些蜥蜴而變得焦黑不堪，整件東破一個洞，西破一個洞。

今後該如何是好呢？我只有這套衣服比較像樣啊……

「這個嘛，我們是因為……」

背著我的芸芸嘟嘟囔囔地，不知道該如何編藉口。

於是我離開芸芸背上，搭著她的肩膀，並開口說……

「我們正想在森林裡狩獵怪物練等，結果碰上了大家最近正在討論的爆裂狂。」

「「咦咦！」」

綠花椰宰不禁驚叫出聲。

「等等，為何連芸芸也那麼驚訝啊？」

「沒、沒有啊！」

和綠花椰宰一起驚叫出聲的芸芸連忙輕輕搖頭。

「那個爆裂狂確實和大家說的一樣厲害。那肯定是魔王軍的幹部吧。我和芸芸一起和爆裂狂展開了死鬥，經過一番激戰之後被對手逃走，所以才像這樣回到村子裡來。」

「竟有此事！……我懂了，所以惠惠才會像是耗盡了魔力似的，看起來渾身無力……！人稱天才，魔力量也相當高的惠惠都奮戰到變成這樣了，可見對手相當了得！」

「是啊。那傢伙……沒錯，肯定是惡魔族！是個身材豐滿火辣，頭上長角的女惡魔！」

「竟、竟然扯出這種瞞天大謊……！」

撐著我的芸芸在我耳邊這麼說。

不過這樣一來，就算今後稍微引起爆裂騷動，也會被當成是那個虛構的女惡魔搞的鬼。

雖然我最好的衣服被毀了，但是這身看起來很像激戰過後的破爛制服更加深了可信度。

「話說回來，真虧妳們兩個有辦法平安回來呢。剩下的事情交給我們就好，妳們趕快回家，早點休息吧。」

「也是呢……啊，要是在森林裡碰見表皮結霜的火龍獸的話，記得收拾掉牠們。那幾隻火龍獸特別凶暴，要是置之不理的話恐怕會惹出麻煩！」

「喔、喔喔，這樣啊……我、我知道了，找到的話我會收拾掉牠們。」

拜託綠花椰宰報復毀掉我的制服的那些傢伙之後，我姑且提醒了他。

「不過，那個爆裂狂是個強敵，你們可千萬別大意。」

其實沒有那種敵人就是了。

「好，我知道了……話說回來，妳從剛才一直說爆裂狂，但其實是爆炸狂吧？講成爆裂狂的話，聽起來簡直就像是在說對方是爆裂魔法師一樣。」

「沒、沒有啦……因為，在剛才的戰鬥當中，對方最後用的就是爆裂魔法……！」

聽我如此辯解，綠花椰宰笑了出來。

「爆裂魔法？哈哈哈哈！那個傢伙在想什麼啊！魔王軍的幹部居然學那種搞笑魔法喔！也對，聽說和壽終正寢無緣的巫妖和惡魔之類的，好像會在不知道要拿技能點數來幹嘛的時候，點爆裂魔法來玩就是……不過就算是這樣好了，也不該學爆裂魔法吧——！」

「就、就是說啊——」

芸芸一面附和著綠花椰宰，一面設法抑制抽動的嘴角，在我身邊抖動著肩膀忍笑。

「好、好了啦，我們走吧，芸芸！在家裡等我的米米應該已經餓了吧！」

於是我如此催促芸芸，快步離開了現場。

「唉……總覺得今天真的累壞了……妳真的要暫時禁用爆裂魔法喔！」

「……暫時是多久啊？到後天嗎？」

「暫時就是暫時啦！後天也太快了吧！」

「就、就算妳這麼說，我還是必須每天施展爆裂魔法才行啊，不然會死掉……」

「妳再說這種蠢話我就掐死妳！」

——在芸芸的攙扶下，終於回到家門口的我，一面聽著她這樣說教，一面在玄關坐下。

大概也是因為耗盡魔力的關係，我今天真想就這樣坐著暫時不動了。

芸芸大概也想趕快回家休息吧，所以也沒有繼續抱怨。

相對的，她忸忸怩怩地玩著手指，輕聲說：

「那我走囉，惠惠……應該說，明、明天也一樣，那個……」

「好。明天也一樣，繼續拜託妳陪我一起找打工，多多幫忙我囉。採收蔬菜的工作我一個人又忙不過來。」

聽我這麼說，芸芸表情一亮，心滿意足地點了點頭，這才回家。

這麼好騙真的沒問題嗎？我真的開始擔心起她的將來了。

我坐在玄關，對著家裡放聲大喊：

「米米——！姊姊回來了——！」

聽見我的喊叫聲，米米乒乒乓乓地衝了出來。

「尼特姊姊回來了！趕快來吃飯吧！」

「米、米米，就跟妳說尼特這個字眼……而且姊姊已經不是尼特了。今天也是工作過後才回來的喔。總之就是這樣，勞動過的姊姊很累，而且就像妳看到的一樣髒兮兮的，所以想洗澡。妳去幫姊姊燒洗澡水好不好？」

「我知道了！」

精力過剩的米米為了燒洗澡水又跑了進去。

我們家的浴室是用魔力點火式的熱水器。

這在其他城鎮是高級的魔道具，但在這個村里卻是一般家庭的標準配備。

使用時所需的魔力還不少，但妹妹卻能若無其事地使用。

那個孩子的才能，說不定在我之上。

我一邊這麼想，一邊懶散地躺在玄關進來的走廊上。這時，原本在我肩上的點仔移動到我的肚子上，一副已經把這裡當成專屬位置的樣子。

總覺得，這個傢伙最近好像越來越厚臉皮了。

……於是，我在這樣的點仔頭上亂摸了一陣。而就在這個時候——

「在這般夜間來訪，請多見諒。請問有人在家嗎？」

隨著敲門聲，門外傳來一個女人的聲音。

是個沒聽過的聲音。

「門沒鎖，請進。」

我對著門外這麼喊，大門便緩緩開啟。

我坐了起來，看向聲音的主人。

站在門口的那個人，年紀大概是二十五歲左右吧？

一副經過長途跋涉的樣子，身上到處都是髒汙，並做冒險者，而且還是魔法師打扮的，是個紅髮美女。

那名女子先是一直盯著我看，然後視線逐漸下移——

看見了在我的肚子上窩成一團的點仔之後，她突然原地跪下。

因為低下了頭，她的一頭紅髮自然下垂，讓我看不見她的表情。

由於頭髮遮住了她的臉，我不知道她現在的表情是什麼模樣，不過……

女子一副感慨萬千地，以顫抖的聲音輕聲說：

「經過漫長的旅程，終於找到您了！我偉大的主人——！」

幕間劇場【序幕】

——阿克婭大人，我不會讓他跑掉的！——

水與溫泉之都，阿爾坎雷堤亞。

佇立在這個城鎮最深處的大教堂。

除了阿克西斯教徒之外，沒有人會靠近的這個地方——

「今天有什麼事呢？想加入阿克西斯教團嗎？還是想搭訕呢？看你長得滿帥氣的，如果只是一起吃個飯的話我還可以接受。不過你可不要以為我是那種隨便的女人喔，只是一起吃個飯而已喔。」

「不，我不是來搭訕的。我來到阿克西斯教團這裡，是想找會用恢復魔法的同伴。我想找個願意和我一起打倒魔王的同伴。」

出現了一名口出這種奇妙說詞的少年。

「好新穎的搭訕法呀。附近有間我很推薦的咖啡廳，我們到那邊去詳談吧。啊，我是阿克西斯教團的美女祭司，名叫賽西莉。」

「不、不好意思，賽西莉小姐？所以說，這不是搭訕……」

這時，我發現那位少年型男的腰際掛著一樣東西。

「哎呀，你掛在腰間的好像是魔劍呢……既然你持有魔劍，難不成是個武功高強的冒險者？這就表示可能是個多金男囉……姊姊最喜歡的東西是瓊脂史萊姆，就是那種黏黏滑滑又ＱＱ的很好吃的東西。」

「不、不是啦……那個，我是來這裡找同伴……」

「順道一提，我喜歡的類型是比我小的美少年。我也喜歡美少女就是了。不如說，你既是美少年，又是個持有魔劍的高強冒險者，在我心中的分數就更高了。」

「……不、不好意思，妳好像誤會了很多事情……？賽、賽西莉小姐！能不能請妳放開我的手啊！」

不知為何，那個持有魔劍的少年打算逃離我。

「別客氣，叫我賽西莉姊姊就可以了！」

「不好意思，今天我就在此先告辭了……賽、賽西莉小姐，請妳放開我！那個，我、我給妳錢買瓊脂史萊姆就是了！」

他一面這麼說，一面帶著有點嚇到的表情，想要扯開我抓著他的披風的手。

「我怎麼可能輕易放過持有魔劍的型男冒險者呢！前天我掃了一大堆瓊脂史萊姆粉回來，所以已經沒錢了！我那麼做也是不得已的嘛！誰教他們要出期間限定的海膽風葡萄口味！害我最近每天都只能吃瓊脂史萊姆，就算我再怎麼喜歡也會膩啊！我也差不多想吃些固態的食物了啦！在成為教團的祭司之後，雖然每個月都有薪水可以領，可是相對的就吃不到教會的伙食了啊！」

「我明白了！我真的明白了，所以拜託妳不再要拉我的腰帶了！會滑下去啦！我的褲子快滑下去了……！」

慌張的少年抓住我試圖拉掉他的褲子，好讓他不敢逃到外面的手。

然而，少年並沒有直接奪門而出，或是甩開我的手，也沒有表現出劇烈的抵抗。

「呵呵，嘴上那樣說，身體倒是挺老實的嘛！你看，你都不抵抗了！」

「要、要不是紅魔之里的神準占卜師說：『未來你即將遇見的阿克西斯教祭司，終將成為左右這個世界命運的重要人物。無論發生任何事情，你都要保護那個人。』這樣的話，就算要來硬的我也會逃出去啦！」

「……紅魔之里的占卜師這樣說？說你即將遇見一位美女祭司，她對你而言是非常重要的人？無論發生任何事情都得保護她？」

「不、不對，細節的部分有點不太對吧……她沒有說什麼美女祭司，也沒有說對我而言是非常重要的人……」

我以雙手抓住少年的手。

我不會放掉他。

絕對不會放掉他。

「不、不好意思，賽西莉小姐，妳有在聽我說話嗎？最根本的問題是，占卜師說的只有我即將遇見的阿克西斯教祭司，又不見得就是妳……」

「啊啊，阿克婭大人！沒想到祢在我因為缺錢而傷透腦筋的時候，就派了一個看起來很有錢的美少年過來！我、我會得到幸福的！我會一直賴在這個美少年身邊，然後讓他養我一輩子！」

聽見這句話，少年用力甩開我的手，逃了出去，而我也全力追了上去。

——阿克婭大人，我不會讓他跑掉的！

第二章 紅髮的吾之僕人（servant）

1

深深低下頭的那個人，肩膀不住顫抖，看著地上，遲遲沒有抬起頭。

這個人剛才對著我，說了「我偉大的主人」。

是怎樣啊，她到底在說什麼啊？

不過，在對方這麼感慨萬千的時候問她「妳哪位」的話，她也太可憐了。

而且，老實說，這樣還滿爽的。現在還是配合她一下好了。

「終究還是來迎接了啊……」

聽我輕聲這麼說，那個女子抬起頭來。

端正的長相給人有點凶悍的感覺。

紅髮之間露出貓科野獸般的黃色眼睛。

她看著我先是愣了一下，稍微歪了一下頭之後說：

「……知道您的封印解開之後，我千里迢迢來到這個地方。封印才剛解開，我想您的記憶可能尚未恢復……您的忠臣厄妮絲，來此迎接您了。今後，我就是您的手腳，勢必賭命保護您。」

自稱厄妮絲的那個人這麼說完，再次深深低下頭。

——我的封印解開了。

我一點都不記得是怎麼回事，不過根據這個忠臣的說法，封印剛解開的時候會沒有記憶似乎是莫可奈何的事情。

我到底是何方神聖呢？

不，我確實稍微有這種感覺。

我和別人不一樣。

不像常人所能擁有的魔力。

以及受人讚頌為孤傲的天才的頭腦。

……現在，所有的疑問全都在此解開了。

我這個自稱為厄妮絲的忠實部下，看起來就不是省油的燈。

她把兜帽拉得很低，像是想隱藏什麼。

從兜帽底下露出的眼神還有舉手投足看來，她應該是個相當不錯的高手。

「……看來妳一路過來十分艱辛呢。今後要請妳多多指教了，厄妮絲。」

「好的，雖然不知道您是哪位，不過我的主人今後就交給我照顧了。」

…………

「妳被封印的主人，不是我嗎？」

「不、不是啦，難道您有什麼會被人封印的理由嗎？」

當然，我對那種理由一點頭緒也沒有……

「那麼，妳要來迎接的是……」

「是在您的肚子上窩成一團，正在睡覺的那位大人。」

……什麼嘛。

「我和這顆毛球在一起超過半年，已經有感情了。事到如今才說要來接牠走，只是造成我的困擾而已。」

「稱呼我偉大的主人為毛球，還說什麼感情不感情的是怎樣……感謝您一直照顧我的主人到現在。不過，這種時候應該尊重我的主人的意願吧？」

厄妮絲僵著臉這麼說。

睡在我肚子上的點仔打了一個大呵欠，瞄了厄妮絲一眼……

「……看來牠好像不想跟妳回去。」

「啊啊！沃芭克大人？」

然後撇過頭去，再次在我的肚子上打起盹來。

我摸了摸在這種狀況下依然說睡就睡的厚臉皮毛球的喉嚨，並且說：

「既然這個孩子想待在這裡，那就沒辦法了。我會好好養育這顆毛球，請妳放心吧。」

「等等、等一下！不好意思，沃芭克大人？沃芭克大人！是我啊，厄妮絲！來嘛，和我一起回去吧？」

亂了手腳的厄妮絲如此哄騙著，但被我摸下巴的點仔一副很舒服的樣子，一邊發出呼嚕的聲音，一邊窩成一團。

「如妳所見，這個孩子很滿意現在的生活。妳請回吧。」

「等、等一下！還請您也幫忙說服沃芭克大人，讓牠跟我一起回去吧！即使是這副模樣，應該還是聽得懂一些人話才對！」

我對依然不肯放棄的厄妮絲說：

「這孩子的名字是點仔。而且這孩子怎麼可能聽得懂人話，牠只是一隻普通的貓啊。」

「點、點仔？點仔！我想應該不會有這種事，不過您指的該不會是沃芭克大人吧！」

厄妮絲瞪大了眼睛，驚叫出聲。

有什麼好該不會怎樣的。

「是個好名字吧。」

「別這樣，請稱呼牠為沃芭克大人！啊啊……沃芭克大人竟然一心以為自己有個那麼奇怪的名字……怎麼辦，這該如何修正才好……」

看見自己的主人在聽見點仔這個名字就會有反應，厄妮絲一臉快哭出來的樣子。

不過，竟然說這是個奇怪的名字，真沒禮貌。

這總比那個叫沃什麼的名字要好多了吧。

「這個孩子不是妳那個叫什麼歐巴克的主人，而是我們家的寶貝點仔。牠本人也希望待在這裡，妳還是請回吧。」

「是沃芭克大人……不過這下傷腦筋了。拜託您將大人交給我好嗎？當然，我不會要您白白交出來，而且也算是答謝一直照顧沃芭克大人到現在……」

說著，厄妮絲在自己的懷裡掏了掏。

她還真是瞧不起人啊。

點仔已經是我們重要的家人了。

竟然以為拿錢出來就可以叫我交出這樣的點仔……！

「我看看，現在我手頭上只有三十萬艾莉絲就是了……」

「不不不，快別這麼說，夠了夠了。去吧點仔，這個人就是妳的新監護人了。妳要好好保重喔。」

我抱起點仔，遞給厄妮絲。

對此，點仔伸爪抓住了我的衣服。

一點也不想被交出去的點仔激烈抵抗，而我努力想把牠從衣服上扯下來……！

「那、那個……沃芭克大人似乎非常不願意，而且兩位應該也想好好道別吧，我明天再來一趟。今天晚上，兩位就一起度過最後的相聚時刻，這樣如何？」

看著這樣的我們，厄妮絲如此提議。

然後，她就將一個沉甸甸的袋子遞給了我。

我看了一下裡面，只見裝滿了大量的艾莉絲銀幣。

正當我因為裡面的東西因而僵住不動時，厄妮絲鞠了躬說：

「那麼，請您好好照顧沃芭克大人。我明天再來接牠。」

說完，她便離開了。

2

厄妮絲離開之後。

「米米，我們今天就要和這顆毛球分開了，趁現在好好跟牠道別吧。」

我在吃晚餐的時候這麼告訴米米。

我的這番話，讓大口大口吃著食物，臉頰像松鼠一樣鼓了起來的米米，表情赫然一變。

她咀嚼了好一陣子，把嘴裡的食物吞下去之後，對著在矮桌上啃著米米吃剩的魚骨頭的點仔，雙手合十。

「……再見了，點仔。明天早上我會好好品嚐你，會全部吃光光喔。」

「不是啦！不是這樣啦，米米！沒有要吃牠！我不是要拿牠當明天的早餐！」

我妹也太可怕了。

明明已經和點仔一起生活了將近半年，竟然能夠毫不猶豫，而且毫不抗拒地接受牠會變成明天早餐的可能性。

聽我這麼說，米米歪著頭問：

「不然要幹嘛？養到這麼大了還要把牠放生嗎？」
「要高價賣出。」
「不愧是姊姊！太厲害了！這樣就可以買好多食物了！」
我好像沒資格這麼說，但這個孩子難道已經失去人心了嗎？
該不會是像到我了吧。
也許，我應該稍微謹言慎行一點才對。
對於喜出望外的米米，我在煩惱的同時也有點嚇到。
「這樣啊。今天之後就不能和阿點玩了呢。阿點，過來這邊。」
最近沒有被米米放進鍋子裡，變得非常親近米米的點仔聽從她的指示，跑到米米手中。
不過與其說是親近米米，或許更像是服從她吧。
「……咕嚕。」
「咦！」
明明才剛吃飽，米米卻將要流出來的口水吞嚥回去，讓被她抱著的點仔抖了一下。
米米抓著點仔的耳朵拉了拉，接著又捉住尾巴拉了拉，如果是普通的貓被這樣對待應該早就開始奮力掙扎了，但點仔卻毫不抵抗，任憑米米玩弄。
看著點仔一點也不像貓，一副像是有所領悟似地死了心的樣子，讓我有點煩惱這樣做到底對不對。

三十萬艾莉絲，正好可以支付前往阿爾坎雷堤亞的瞬間移動費用。

也就是說，這樣我就不用繼續打工，可以直接出去旅行了。

然而，說來說去，我對這顆有著許多祕密的毛球也已經有感情了。

但話雖如此，就這樣放在家裡的話，在我出去旅行之後，會有被米米吃掉之虞。

而且話又說回來，要是我帶著這顆小毛球上路，也很有可能害牠被怪物吃掉。

原本我曾經想過讓牠當我的使魔，但現在對牠有了深厚的感情，還是會擔心牠的安危。

從各種層面來說，讓厄妮絲收養牠都是最好的選擇吧。

…………

厄妮絲到底是何方神聖，這顆毛球又是什麼？

搞不好，我已經被捲入某種很不得了的事件了……

「姊姊，貓的尾巴切斷之後還會長回來嗎？」

「又不是蜥蜴，長不回來……所以，不要覺得今天是最後一天，就想吃牠的尾巴喔！」

……不，我妹才到底是何方神聖啊？

——隔天。

我特地給了點仔一整條魚當早餐，作為最後的道別。

不過，點仔是在盯著那條魚看的米米把整張臉湊上去，而且近到她的鼻子都貼在魚上的狀態下，一邊發抖一邊啃著就是。

吃完早餐之後，我把點仔抱到腿上等著厄妮絲到來時，就有人敲了我家的大門。

聽見敲門聲，我用力抱了點仔一下。

或許是這樣讓牠有點難受吧，點仔輕輕叫了聲。而我聽著牠的叫聲，說服自己這是最好的選擇。

「……那麼，該說再見了。妳的名字不是那個沃什麼的奇怪名字，而是點仔。難得我幫妳取了一個這麼帥氣的名字，妳可不能忘記這個名字喔。」

「喵——」

被我抱在懷裡的點仔像是聽得懂人話似的，輕輕叫了一聲。

嗯，這樣就對了。

我沒辦法一邊當冒險者一邊養貓，留在家裡也讓我很擔心。

與其讓別人養牠，不如交給厄妮絲還比較好。

她一定會好好照顧點仔才對。

「……即使妳恢復記憶了，也不可以來報復我妹喔。」

「喵——」

我把點仔抱到眼前，牠便將臉靠近到鼻子快要貼上來的程度，不住抽動鼻子，都聽得到牠的鼻息了。

這個傢伙真的長得一副很厚臉皮的樣子。

也不知道是像到誰，最近就連發生了什麼大事，牠也是無動於衷。

這隻貓八成也是個大人物吧。

敲門聲再次響起。我對門外的人說了聲「請進」。

……離別的時刻來臨了。

聽著開門的「喀嚓」一聲……

「這個孩子好像喜歡陰暗狹窄的地方，最喜歡吃的東西是魚皮。請妳好好愛護牠喔。」

我將點仔向前遞出——

但站在門前的人是芸芸。

「咦？為什麼要我愛護點仔……啊，好痛！等等，惠惠，妳幹嘛啦！為什麼我要被妳打啊？住手！」

我好不容易下定決心要認真道別卻被破壞，害我忍不住對芸芸洩憤。

「妳是怎樣啦？人家好不容易想來個感動的道別，妳來攪什麼局啊！這麼大清早的，妳到底想來幹嘛啊！」

「妳在說什麼啊！竟然反過來罵我？還不是妳叫我今天也來幫忙妳找打工，所以我才過來的耶！」

芸芸一臉莫名其妙地含淚控訴。

這麼說來，我完全忘記了自己昨天說過這種話。

我將厄妮絲昨天晚上給我的那一袋銀幣拿給芸芸看。

「妳看這個。其實是這樣的，我昨天晚上幸運得到三十萬艾莉絲好痛！」

同時，也被芸芸甩了一巴掌。

「妳終究還是闖禍啦，惠惠！我原本還以為無論有多窮，妳也不會弄髒自己的手，為了錢而犯法才對！笨蛋！為什麼在事情弄成這樣之前沒有找我商量呢！」

咦？啥！

「妳說啥？我才沒有犯法！這筆錢是確實在雙方的合意之下進行的交易所得……！」

臉頰上的疼痛讓我眼中泛淚。

我捂著挨了巴掌的臉頰，對芸芸如此說明，然而……

「交易？妳說交易？惠惠又沒有什麼大不了的東西，要拿什麼去進行一個晚上就可以賺到三十萬的交易……等等啊啊啊啊啊啊！」

芸芸像是想到了什麼似的，突然放聲大喊。

「妳、妳是怎樣啦？妳從剛才開始到底是想怎……樣？」

「笨蛋！妳終究還是去賣身了吧？我明明千叮嚀萬交代，要妳好好珍惜自己的身體還這樣！是誰？到底是誰和妳進行了這種愚蠢的交易？快點，快說啊！那種人絕對饒不得！」

「啊噗！好痛，等等？……啊啊啊啊啊啊啊啊啊——！」

「呀啊——！好痛好痛好痛——！」

被打了好幾個巴掌的我，終究忍不住撲向芸芸。

3

「真是夠了，妳別太過分喔！我才不會那麼輕易出賣肉體呢！只要男人對妳好一點就會輕易上鉤跟人家走的是芸芸吧，妳哪有資格擔心我擔心成這樣啊！這筆錢是以合法而且能讓大家都得到幸福的方法拿到的！」

「不、不過是對我好一點而已的話我才不會跟人家走呢！對不起嘛！可是，我之所以會這樣誤會，也是因為惠惠昨天說想真的跑去賣身啊……！」

扭打了一陣子之後，將彼此抓得到處是傷的我和芸芸癱坐在玄關。

「話說回來，平常為貧窮所苦的惠惠怎麼可能一個晚上就賺到那麼一大筆錢，太奇怪了吧！要是沒犯法的話，妳是怎麼弄到那麼一大筆錢的啊？」

芸芸坐在玄關地板上，伸直了雙腳，一副很累的樣子。

第一次見面的時候明明躲著芸芸，現在卻很黏她的點仔，大搖大擺地跳上芸芸的大腿。

同樣的，我也在玄關伸直了腳，癱坐在地上說：

「其實是這樣的，昨天晚上有個人說是要來接走那顆毛球。然後，她說要答謝我割愛，就給了我三十萬艾莉絲。」

「啥——！」

我隨口這麼說，芸芸聽了尖聲怪叫。

芸芸挺起身體，緊緊抱住腿上的點仔，作勢保護牠。

「也就是說妳賣掉了這個孩子？賣掉了妳含辛茹苦養到現在的這個孩子？吶，應該說，這個孩子不是……！」

「是普通的貓啊。沒錯，牠一點也不特別，只是一隻普通的貓。」

隱約對點仔的真實身分抱持著疑慮的芸芸似乎想說什麼，卻又欲言又止地吞了回去。

「而且，這樣做才是最好的安排。我即將出門旅行當冒險者。這樣一來，要是帶著這個孩子一起去冒險，很可能害牠被捲入戰鬥之中，而且牠又這麼小一隻，肯定會被怪物當成軟柿子吃吧。」

「嗚嗚……可、可是……」

芸芸抱著點仔，以眼神對我訴之以情。

而我對這樣的芸芸說：

「然後，妳仔細想想。要是把這個孩子放在家裡，就等於大部分的時間都是米米和點仔獨處。所以……這實在很難以啟齒……但我也不敢保證我妹不會吃掉牠……」

「關於這點，妳應該要好好教育她才對吧，妳是姊姊耶！不只是點仔，我都開始擔心起米米的未來了！」

說著，芸芸似乎姑且是被說服了，抱著點仔說：

「如果她願意好好對待點仔的話，這樣做或許是比較好……」

就在她如此喃喃自語的時候——

「牠不叫點仔，是沃芭克大人。」

不知何時，厄妮絲已經站在一直敞開著的大門外面了。
將魔法師風格的兜帽拉得很低的厄妮絲，她那對從紅髮之間露出來的黃色眼睛，以狐疑的視線注視著芸芸。
懶散地半躺在地板上的我挺起身子說：
「哎呀，妳來啦。芸芸，這位就是要來領養點仔的那個人。」
「……牠不叫點仔，牠是沃芭克大人。還有，我也不是要領養牠……我的主人好像和她十分親近，請問她是……？」
在厄妮絲的注視之下，芸芸有所警戒地緊緊抱住點仔。
厄妮絲見狀，嘴角抽動了一下。
「我是和惠惠一起照顧這個孩子的人。妳想要這個孩子的目的是什麼？還有，主人又是什麼意思？」
「……感謝您照顧沃芭克大人。不過，我勸您還是不要繼續追問下去比較好喔。來吧，沃芭克大人，我們該走了。」
厄妮絲對我毫不警戒，但是對待芸芸的態度卻充滿了火藥味。
原本就不是很強勢的芸芸似乎被震懾住了，整個人抖了一下。
「好了，請交給我吧。」

遣詞用字固然中規中矩，厄妮絲卻散發出一種不由分說的氛圍，讓芸芸心驚膽戰地交出點仔。

厄妮絲接過點仔之後嫣然一笑。

「感謝兩位。沃芭克大人將由我妥善照顧，請兩位放心……啊！沃芭克大人？痛痛痛痛……沃、沃芭克大人，還請您住手，別戲弄我了！」

被厄妮絲抱了過去之後，點仔突然開始掙扎，從她手中逃了出來。

比起被抓傷的疼痛，遭到點仔拒絕似乎更讓厄妮絲大受打擊。

跳到地上之後，點仔再次回到芸芸身邊。

「呃——這下子該怎麼辦才好呢？點仔好像非常不願意，話雖如此，把錢還回去也不是辦法……」

「那種東西還是快點還給她吧，惠惠！要錢的話再去打工不就得了！更重要的是，既然這個孩子都這麼不願意了……」

就在我捨不得還錢，而芸芸還想說些什麼的時候……

「……都這麼不願意了，然後呢？沃芭克大人只是因為記憶尚未恢復，依然有所警戒罷了。只要來到我的身邊，總有一天可以恢復記憶。好了，請到我這邊來……」

說著，厄妮絲蹲了下來，準備抓住點仔。

然而，這個動作讓厄妮絲頭上的兜帽滑落，露出了整個頭部。

——連同從紅髮之間突出在外的兩根尖角一起。

4

周遭的氣氛為之一變。

「唉……」

她原本謙和有禮的語氣蕩然無存。

「該怎麼辦呢……妳們兩個，口風緊不緊啊？」

厄妮絲這麼說，讓我和芸芸無法吭聲，連忙頻頻點頭。

——惡魔族。

那是以人類的情感為食糧而存在於這個世界的種族，從名為魔怪的小怪物，到廣受男性喜愛的夢魔都包含在內。

惡魔族的強弱級距相當大，而上位階級的惡魔全都強到極為凶惡。

眼前的厄妮絲恐怕就是上位階級的惡魔，想要解決她的話，得要有好幾個能夠使用上級魔法的人才辦得到。

當然，我們都不會用上級魔法。

芸芸能用的魔法只到中級。

而我的爆裂魔法不能在這麼近的距離使用，最重要的是爆裂魔法的詠唱時間相當冗長，想必還沒詠唱完，我們就已經被收拾掉了吧。

「為、為什麼上位惡魔會出現在這種地方……」

芸芸低聲這麼說，重新戴好兜帽的厄妮絲便嫣然一笑。

「我不是勸妳不要繼續追問下去比較好嗎？好了，把沃芭克大人交給我吧。而且，只要妳們不洩漏我的真實身分，我就饒妳們一命。」

我貼到僵在原地，渾身動彈不得的芸芸身邊，抱起那顆在這種氣氛之下依然發出呼嚕聲的鼻息，我行我素的毛球。

既然連惡魔都冒出來了，只要我繼續照顧這孩子，今後很可能又被捲進什麼麻煩當中。

所以，這樣就對了。

比起和我一起旅行，或是留在我家和米米一起生活。

對點仔而言，這樣的安排才是最好的吧。

「……怎麼了？快啊，快點交給我。」

可是，我的手卻動不了。

我不想把這顆麻煩的毛球交給她。

或許是看我動也不動而感到煩躁，厄妮絲主動伸出手……

「『Fire Ball』————！」

突然間。

事情實在太過於突然了，坐在玄關地板上的芸芸維持著原本的姿勢，就這麼發出使盡全力的火球魔法。

要是火球魔法在這麼近的距離炸開，我們想必也不可能相安無事。

不過，看來這招只是警告用的。火球從厄妮絲的頭部旁邊擦過，在早晨晴朗的空中引發盛大的爆炸。

「……妳這是什麼意思？我不是說要饒妳們一命了嗎？妳想死啊？看在妳們好歹也照顧了沃芭克大人的份上，我原本不打算加害妳們喔。」

微微瞇起野獸般的黃色眼睛，厄妮絲緊盯著依然癱坐在玄關地板上的芸芸。

儘管害怕，芸芸依然站了起來，手放在腰間的短劍上，一副想動手的樣子。

糟糕了，現在的我們八成會被這個惡魔秒殺。

正當我滿心焦慮時，厄妮絲對我們做出了最後通牒。

「我再說最後一次。把沃芭克大人交給我。要是妳們採取了除此之外的行動，我就當場撕爛妳們兩個。」

那雙銳利的眼神震懾了我。

而我身邊的芸芸，終究還是拔出短劍來了。

這個女孩在想要保護別人的時候，偶爾會像這樣做出魯莽的舉動。

像我被邪神的僕人追著跑的時候也是。

現在，她也為了保護我手上這顆毛球而拿出幹勁來了吧。

平常明明是個連主動找人講話都不太敢的軟腳蝦，只有在這種時候特別不一樣。

「妳這麼想要這顆毛球？那就請妳接好囉，別讓妳最寶貝的佛巴哥大人掉到地上了。」

「不准叫牠毛球！也不准叫牠佛巴哥大人！這位大人是…………咦！」

在厄妮絲非常配合地吐嘈的同時，我將點仔向她拋了出去。

點仔畫出了一道拋物線，從厄妮絲身邊飛過，經由玄關往外飛了出去……！

「沃芭克大人——————！」

在即將掉到地面上的那一刻，厄妮絲奮不顧身的以滑壘的方式接住了點仔。

兜帽也因此再次掀了開來。

上氣不接下氣的厄妮絲還沒站直，已經先惡狠狠地瞪著我。

「妳妳、妳這個傢伙……！竟然……」

就在她準備怒罵我的時候——

一道閃光從起身到一半還彎著腰的厄妮絲的臉頰旁邊掠過。

從外面射進來的那道閃光，輕而易舉地穿過我家，直接在牆壁上開了個洞。

「我、我家的牆壁啊——！之前被邪神的僕人弄壞的地方，我好不容易才剛修好耶！」

在悲痛地尖叫的我面前，臉頰上掛著一道血絲的厄妮絲，緩緩轉過頭去。

「我們看見爆炸還想著不知道是發生了什麼事才過來看一下……惡魔來我們紅魔之里到底要幹嘛？」

「妳手上的是惠惠家的貓吧。是怎樣，妳來偷貓啊？」

門外站著好幾個紅魔族。

我的尼特鄰居，綠花椰宰也在裡面。

厄妮絲瞇起黃色的眼睛，眼神像是準備撲向獵物的野獸。

「……剛才用魔法攻擊我的是誰？」

厄妮絲以蘊含深沉怒意的平靜嗓音這麼說。

但是，趕過來的那幾個紅魔族都是一副事不關己的樣子。

……喔，我懂了。

他們一定就是那個什麼對魔王軍游擊部隊的人吧。

村里當中的無業遊民聚在一起擅自巡邏，類似守望相助隊的東西。

這時，疑似剛才發了魔法的綠花椰宰忽然冒出一句話：

「剛才的魔法是我發的，有什麼問題嗎？應該說……這個傢伙，該不會就是最近在我們村里附近大鬧的那個爆裂狂吧？特徵和惠惠說的一樣啊。是個身材豐滿火辣，頭上長角的女惡魔，對吧？」

「咦？」

聽綠花椰宰這麼說，厄妮絲疑惑地叫了一聲，氣勢被削弱了不少。

……我說的特徵？

喔喔，這麼說來，我記得自己好像這麼說過。

那個時候，我只是為了把自己亂放爆裂魔法的事情蒙混過去而信口胡謅的就是了。

「這麼說來，惠惠確實說過在歷經激戰之後被對方逃掉了……原來如此——既然出現在這裡，就表示妳是特地跑來找惠惠報仇的囉。」

「……我知道了——那她手上抱著惠惠家的貓，是拿來充當人質的吧。妳這個惡魔還真是愛耍小手段啊……」

「咦！」

突然被這麼栽贓，厄妮絲再次發出困惑的聲音。

抱著點仔的厄妮絲就這麼維持著半彎著腰的姿勢，整個人僵在那邊。

她應該是上位惡魔沒錯。

我聽說，惡魔族越是上位，智慧越高。

而如果想打倒這樣的厄妮絲，必須集合許多上級魔法師才辦得到。

「我說妳啊，最近竟敢接連在半夜跑來亂發魔法，害得我們每天晚上都得跑去巡山。」

「咦……咦？」

面對這全然的欲加之罪，厄妮絲在困惑之餘再次環顧四周，發現不知不覺間，許多紅魔族都聽說了這場騷動，聚集到附近來了。

沒錯。在正常狀況下，想打倒厄妮絲這種程度的惡魔，必須集合許多功力深厚的魔法師才行。

但是……

「喂，混帳東西，妳以為這裡是什麼地方啊。」

「我是不知道妳是哪裡來的誰啦，不過妳還真有膽量啊……就連魔王軍的幹部級人物都不會一個人大搖大擺走進這個村里喔……快點，先把妳手上的惠惠家的貓放開吧。」

厄妮絲似乎依然搞不清楚現在是什麼狀況，在不知所措的同時依然遵照圍觀群眾所說，在地上放開了點仔。

不知道發生了什麼事的她，似乎也理解到再這樣抱著她重要的主人只會害到牠的樣子。

重獲自由的點仔依然順應自己的步調，走到我身邊來，然後直接倒頭躺下。

厄妮絲見狀，對著點仔伸出手。

「那、那個……」

「這裡是連魔王軍都不敢靠近的紅魔之里。」

厄妮絲原本還想說什麼，卻被這句話蓋了過去。

沒錯。這裡是會用上級魔法才是理所當然的紅魔族的聚落，紅魔之里。

「妳這個惡魔居然隨隨便便跑進這種地方，真不知道是太有自信還是太笨……」

聽見不知道是誰這麼說，厄妮絲冷汗直流，眼神隨即變得飄忽不定。

她依然維持著半彎著腰的尷尬姿勢。

眼角已經沁出淚珠的厄妮絲，看見同時開始詠唱上級魔法的紅魔族，表情一下變得相當扭曲。

5

在厄妮絲被紅魔族追得到處跑，一邊哭喊一邊逃竄之後，我開始修補牆上的洞，正在忙東忙西的時候——

「真是的，那個惡魔到底是怎樣啊？不過，幸好她離開了，而且點仔也平安無事。」

芸芸摸著腳邊的點仔，同時對我這麼說。

厄妮絲留下這顆毛球，自己逃走了。

要是繼續讓牠待在我家，厄妮絲一定又會跑來帶走牠吧。

既然如此。

「……芸芸，我有件事情想拜託妳。可不可以請妳們家收養點仔啊？」

「咦！妳幹嘛突然說這種話啊？」

我為驚訝的芸芸詳細說明：

「沒有啦，我沒想到厄妮絲是個惡魔，但她願意幫忙照顧點仔我真的很感激。我剛才也說過了，要帶著這個孩子從事冒險者的工作實在不太方便。」

「可、可是！最後那個惡魔也逃走啦，交易也就……啊啊！」

芸芸的話說到一半，就因為我拿出來的一整袋銀幣而驚叫出聲。

「如妳所見，錢還在這裡。看來她是忘記了。我就拿這筆錢來當瞬間移動的費用吧。」

「太、太過分了！這樣好嗎？吶，妳這樣做真的好嗎？」

芸芸如此大呼小叫，但從古至今，打倒怪物的時候得到的金錢都是可以擅自拿走的。

雖然我並沒有打倒厄妮絲，不過這也是我素行優良的獎勵吧，我會心懷感激地運用這筆錢的。

芸芸依然不停唸著「這樣真的好嗎……」什麼的就是了。

「事情就是這樣，芸芸。我打算明天就出去旅行。」

「好快！也太趕了吧？慢慢來啊，妳也還沒和同班同學道別不是嗎！」

一點也不快。

到今天為止都已經等了超過半年了，應該算是慢的了吧。

真要說的話，我多想現在立刻衝出這個村里，展開冒險啊。

話雖如此，我還是有很多事情要準備，而且還有米米。

「我明天早上就會啟程。道別我想就免了吧，紅魔族是孤傲的。況且，只要有緣，總會在別的地方再會。」

「妳在說什麼啊，給我等一下！我現在就去通知大家，要是妳就這樣直接搞失蹤的話，我可饒不了妳！」

說著，芸芸立刻往別的地方衝了出去。

內向又不敢找人說話的芸芸，居然說要去通知大家。

這樣看來，即使我不在了也不會有問題吧。

想著這些的同時，我將黏在我腳邊的點仔抱了起來。

6

暫時離開的芸芸，不知道跑到哪去了。

接著，芸芸再次現身之後，帶我來到一個地方——

「不過，沒想到惠惠會出去旅行啊——沒耐性又愛吵架的妳有辦法當冒險者嗎？」

「我看，從尋找願意跟她組隊的冒險者這階段開始就會很辛苦了吧！」

說著如此失禮的話的，是軟呼呼和冬冬菇。

為什麼我得聽這兩個傢伙說這種話啊？

「還好啦，惠惠應該會很順利才對。畢竟，她是我唯一沒有贏過的對手。」

這麼說的，是我那位戴著眼罩的同班同學，有夠會。

「奇怪？我、我也沒輸過有夠會啊……啊啊！」

芸芸對有夠會這麼說，但說到一半似乎想起了什麼事情而驚叫出聲。

「妳們兩個畢業之前的最後一次考試。那個時候，芸芸的名次不是在我之下嗎？」

聽有夠會這麼說，芸芸沮喪地低下頭。

這麼說來，芸芸為了配合我畢業的時期，曾經刻意放水，讓自己的名次下滑。

嗯，這就叫自作自受吧。

就在意外的不服輸的芸芸不甘心地握緊拳頭的時候，我狼吞虎嚥地吃著蛋糕。

看著我的吃相，軟呼呼和冬冬菇一臉厭倦地對我說：

「……我說妳啊，至少在臨行之前的最後一次聚會不要光顧著吃，和大家多聊聊天會怎麼樣？妳沒有所謂的人之常情嗎？」

「再說了啊，惠惠好歹也是歸在女生這個範疇裡的人吧？別那麼貪吃，稍微打扮一下比較好吧？」

隨便妳們怎麼說啦。

旅行在外，根本不知道何時能夠吃到這麼像樣的東西。

能吃的時候就吃，能休息的時候就休息，這在冒險者的心得當中是基本中的……

「……我不會叫妳不准吃。可是，至少和大家好好道別之後再吃吧。」

抱著點仔的芸芸這麼說，一副很受不了我的樣子——

這裡是紅魔之里當中最大的房子，也就是芸芸的家。

從剛才開始，我們就在這裡進行我的歡送會。

芸芸找來的，都是在學校和我特別有淵源的幾個人。

芸芸房間裡的桌子上，擺滿了美食和蛋糕。

「亨為奧狠者，能嗑個時候就嗑，能悠移個時候就悠移……」

「東西吞下去再說話啦！」

如此叮囑我的芸芸，看起來似乎格外心神不定。

「啊，有夠會，要不要再來一杯飲料？軟呼呼同學要喝葡萄汁對吧。惠惠，配點飲料吧，小心食物哽在喉嚨喔。」

芸芸可以說是無微不至地服侍著大家。

看來，有人來她家裡玩，讓她非常開心，興奮不已的樣子。

而且走進她家的時候，芸芸的家人也都非常驚訝。

或許，這是她第一次邀朋友來家裡玩吧。

「芸芸，妳冷靜一點啦。」

「對啊對啊，妳是怎麼了，也太興奮了吧。」

就連軟呼呼和冬冬菇也這麼說。

「對對、對不起！我還是第一次接觸這種像是派對的活動……」

「這、這樣啊！那會有這種反應也很正常啦！」

「正常正常！過、過一陣子，我們也趁芸芸的生日還是什麼時候，為妳辦個派對吧！」

……連這兩個傢伙都這樣顧慮她，芸芸真是沒救了。

這時，自顧自吃著蛋糕的有夠會說：

「對了，惠惠打算以哪個地方作為據點啊？以惠惠的實力，一開始就到怪物很強的地區去應該也吃得開吧。」

「不，我打算遵照基礎，到新進冒險者的城鎮，阿克塞爾去。畢竟我也還是新進冒險者，找些同樣是新進冒險者的同伴應該比較好吧。」

「哎呀——妳也有謙虛的一面啊。」

「如果在學校的時候也發揮一下這種謙虛，應該可以多交到幾個朋友才是啊。」

正當我想著該如何報復沒事多嘴的那兩個傢伙時——

「那麼，惠惠，這是我們要送給妳的。」

突然，軟呼呼一面這麼說，一面遞給我一根法杖。

「……喔喔，這是什麼，餞別禮嗎？摸起來感覺魔力流動的傳導非常順暢耶，這應該很貴吧？」

對魔法師而言，法杖是提升魔法威力的重要物品。

而且這根法杖的品質又如此優秀，應該所費不貲吧。

「不，價格是無價喔。因為這是魔道具師傅，軟呼呼的爸爸所製作的法杖。順道一提，法杖的材料是她們兩個人收集回來的。」

有夠會這麼說完，軟呼呼和冬冬菇便自鳴得意地表示：

「我們進了村里附近的森林，挑選出魔力特別充沛的樹木呢。」

「這點小事根本不算什麼啦——要是妳感激我們的話，在旅途中遇見好男人就帶回村里來吧。」

不顧一臉踟躕的兩人這麼說，有夠會表示：

「不過，她們兩個還沒學會上級魔法，所以我也陪她們一起進森林裡去了。每次碰見怪物，她們兩個就放聲尖叫……」

「「有夠會——！」」

有夠會在我和芸芸畢業之後，也學會上級魔法，順利畢業了。
然後，大家原本都以為她會活用僅次於我和芸芸的魔力，當個魔道具師傅。
結果，不知道她到底在想什麼，居然宣稱將來要當作家，每天都窩在家裡。
我收下之後抱著那根法杖說：
「謝謝妳們，我會珍惜它的。話說回來，我完全沒有想到妳們兩個會送我這種東西。是怎樣？妳們是所謂的傲嬌嗎？」
「才不是！只是因為一直欠妳一個人情，心裡不舒坦罷了！」
「惠惠調配的那瓶藥，好像非常有效。軟呼呼心裡其實非常感謝妳呢。」
「別、別說啦！」
……奇怪？
「什麼意思，妳們之前說軟呼呼的弟弟生病那件事是真的嗎？我完全以為妳們只是缺錢玩耍，所以編了那個藉口騙芸芸的錢耶。」
「我也知道自己的個性不好，但再怎麼樣也不會做到這種程度啊！」
「軟呼呼只是重度的弟控，並不是那麼過分的人！」

「別說啦！」

軟呼呼和冬冬菇如此大吵大鬧，忽然，我發現芸芸變得非常安靜。

該怎麼說呢，感覺像是有什麼事情想說，卻又開不了口。

「芸芸，妳也差不多該拿出來了吧？」

「對啊對啊，妳都特地準備好了不是嗎？」

經兩人這麼一說，芸芸拿出一個紙袋。

然後輕輕遞給了我。

「拿去。因為，惠惠還在拿制服充當便服不是嗎？我想說妳好像對服裝的問題不太重視，所以就買了魔法師的長袍……」

紙袋裡面有長袍、披風，還有帽子。

老實說，這幫了我一個大忙。

因為我的制服也破得差不多了。

「謝謝妳，我穿的時候會好好珍惜的。」

聽我這麼說，芸芸安心地鬆了一口氣。

這時，軟呼呼不懷好意地對有夠會說：

「有夠會——吶，妳沒有準備什麼東西要送給惠惠嗎？」

「對啊對啊，就連我們都準備了法杖，有夠會沒準備嗎？」

她們兩個的個性還真是一點都沒變。

之前一直自顧自地默默吃著東西的有夠會輕輕點了一下頭。

「那麼，就把我的珍藏逸品送給妳吧。」

說著，有夠會將她在漫長的校園生活當中從來沒拿掉過的眼罩取了下來。

「啊！」

「我第一次看到拿掉眼罩的有夠會！」

絲毫不在意如此大叫的兩人，有夠會將眼罩遞給了我。

「這是帶有強大力量的逸品。只要帶著這個，就能安定精神，還可以得到抵擋洗腦和魅惑等操作系魔法的抗性喔。同時，這也具備著抑制魔力的功用。因為我與生俱來的魔力太過強大了。為了不讓力量不小心失控，我從小就一直戴著這個。」

有夠會的過去在此揭曉。

平常不知道在想什麼的有夠會，原來有著這樣的祕密……

「那、那麼重要的東西，真的可以給惠惠嗎？」

「就是說啊，妳的力量不會失控嗎？」

對於軟呼呼和冬冬菇如此追問，有夠會只是輕輕笑了一下。

「沒關係啦，我已經不需要那個了。我遵照父母的意思，試著學了魔法，但我的夢想是成為作家。我想當個作家，寫些能讓人開心的東西。所以，惠惠成為冒險者之後，希望妳偶爾可以說些冒險故事給我聽。而且，有朝一日，我也想寫寫惠惠的小隊的冒險傳奇。」

並且說了這種非常帥氣的話。

聽她這麼說，除了我以外的三個人都驚慌失措了起來。

「怎、怎麼辦，我們的只是普通的法杖耶。」

「就算只是法杖，我們也是從材料開始自己收集，裡面有我們的心意啦……！」

「怎、怎麼辦，我只是買了市售的商品回來耶！」

對於如此交頭接耳的三人……

「是怎樣的東西都沒關係。妳們送我的東西，每一樣我都會好好珍惜。謝謝妳們。」

我這麼說，並且笑了笑。

「說、說的也是！重要的是心意嘛！」

「對啊對啊！……等等，這麼說來！有夠會，惠惠戴上那個眼罩的話，魔力不就被封住了嗎？這樣一來，魔法的威力不會變弱嗎？」

「啊……這樣的話，就在想要全力施展魔法的時候把眼罩拿下來吧……」

聽著她們三個人的聲音，我立刻準備戴上有夠會送給我的眼罩……

這時，有夠會看也沒看我，就拿出一個包裝得很漂亮的盒子，同時開了口。

而盒子裡面，放的是看起來就像是剛買的全新眼罩。

「喔，沒有那種功用啦，放心吧。那是小時候，我請爺爺買給我的眼罩，只是戴好看的。那也已經很舊了，所以我買了新的來替換。我不是說我想當作家嗎？作家就是要能夠隨口編出故事來……」

於是我將原本準備戴上的東西甩在有夠會身上，然後搶走了全新的眼罩。

7

歡送會結束，大家也都回家之後。

芸芸說要送我回家。

她是不是把我當成沒有看著就會走丟的小朋友啊。

我們走在夜色之中的歸途上。

芸芸悠然開了口：

「惠惠。那個，妳見到長袍大姊姊之後，就會回村里來了吧？」

或許是因為她想刻意裝開朗吧，聲音聽起來飄高了些。

我對走在身邊的芸芸說：

「不，我不會回來。既然都到外面的世界去了，我打算和可靠的同伴們一起變得超強，乾脆打倒魔王，當下一任魔王算了。到時候，我會讓芸芸當新魔王軍的幹部啦。」

「我才不要！為什麼我得當壞蛋啊！而且只會用爆裂魔法的妳根本辦不到吧？」

我不想聽那種現實的話題。

「……我明天一大早就要離開這個村里了。所以，如果妳想搞些類似送行的事情，就得早起喔。」

「為什麼我非得特地去送妳不可啊！惠、惠惠，妳真的明天就要離開了嗎？米米還那麼小……！不過那個孩子應該沒問題就是了……」

「那個孩子獨立生活的能力大概比我還強吧。而且，我也已經拜託鄰居多多照應了，爸媽也不是一天到晚都不在家。」

更重要的是——

「這顆毛球能不能放在妳家啊？旅行這麼危險，帶著牠我實在不太放心。」

我試圖將黏在我肩膀上，完全不願意自己走路的點仔塞給芸芸。

「……妳幫這個孩子取了這種名字，還想把牠交給別人啊……」

芸芸同情地摸了摸點仔，但是……

「可是這個孩子這麼黏惠惠耶。而且我覺得也沒有多少地方比紅魔之里還要危險了，妳還是帶著牠上路吧。」

「……嗯。事有萬一時也可以拿來當誘餌或緊急備用糧，倒也不是都派不上用場……」

「夠了！為什麼妳的想法會那麼狂野又毒辣啊！」

就在我們這樣你來我往的時候，我家已經近在眼前了。

如果芸芸明天不來送行的話，現在就是我們離別的時刻。

「芸芸學會上級魔法之後，就可以當族長了吧？」

「是啊。話雖如此，也不是學會魔法之後就可以立刻當族長啦。那一定還是很久很久以後的事情……」

所以，就是……

芸芸嘴裡如此唸唸有詞，像是有什麼煩惱一般。

她數度擺出一副欲言又止的模樣，最後還是沒有勇氣說出口，把話吞了回去。

她到底想說什麼呢？

……結果，我們已經走到我家前面了。

「那麼，芸芸。身為我的自稱競爭對手，妳要多多加油喔。要是妳動作太慢的話，我會先當上魔王，支配這個世界喔。到時候妳再來求我讓妳當幹部就來不及囉。」

「我才不會求妳那種事情！要是惠惠當上魔王的話，我就去打倒妳！」

芸芸還是像平常一樣和我針鋒相對。

聽她這麼說而感到安心的我，站到了家門前。

「那就再見囉。」

「嗯……再見。」

我以最簡單的方式向芸芸道別。

轉過身，我感受到芸芸目送的視線一直落在我的背上。

而我就這樣打開了家門。

8

「姊姊回來了！來吃飯吧！」

我也得和像這樣乒乒乓乓衝出來的米米暫時告別了。

我妹不知道會不會哭。

要是她哭著要我別走的話，我該怎麼辦呢？

「米米，吃飯之前我有話要跟妳說。」

「嗯？」

面對米米，我正襟危坐。

看見我的動作，米米也跟著在地板上跪坐。

米米一臉疑惑地等著聽我要說什麼，於是我開了口：

「米米，我明天就要出外旅行了。」

「是喔——」

……

「米米，是出外旅行喔。姊姊要出外旅行。理所當然的，會有很長一段時間不會回來。妳會有好一陣子看不到最喜歡的姊姊喔。」

「我知道了！我會忍耐！」

真是個堅強的孩子。

「覺得難過的話，可以挽留一下姊姊喔。不過，我的心意已決。就算妳挽留我也不會成功，只是白費力氣。」

「我知道了！既然是白費力氣，那我就不挽留了！」

「米米，姊姊很慶幸妳長成這麼堅強的孩子，可是這也讓姊姊有點無奈。」

「姊姊不甘寂寞！」

「唔！」

——和妹妹一起洗好澡之後，我試著問她在今天這種日子要不要和我一起睡。

「姊姊愛撒嬌！」

「米、米米！不甘寂寞、愛撒嬌這些字眼妳到底是從那裡學來的？」

「從我們的鄰居，綠花椰宰那邊。」

「是那個混帳尼特啊。」

明天啟程之前先去給他一點顏色瞧瞧好了。

米米在起居室俐落地鋪好自己的被窩。

我若無其事地鑽進米米的被窩裡，這次她倒是沒說我愛撒嬌，乖乖和我睡在一起。

不知為何，我有種立場顛倒的感覺。

我這個當姊姊的，真希望她在最後的相聚時刻可以向我撒嬌就是了。

在漆黑的房間當中。

我在被窩裡握住米米的手，米米也用力回握。

「……米米。我不在的時候，有什麼事情就要馬上告訴身邊的大人們喔。」

「嗯，我知道了。」

再怎麼能幹，我的妹妹依然年幼。

明天還是先好好拜託街坊鄰居們吧。

「雖然那個人不太可靠，不過要是事態緊急的話就去找綠花椰宰商量吧。那個人基本上每天都很閒。」

「我知道了。要是沒東西吃了，我就去找他要！」

我倒是懷疑那個尼特是否有本事能弄到食物。

「覺得寂寞的話，就去芸芸家。她一定會無微不至地照顧妳。不如說，她一定也覺得很寂寞才對，妳偶爾去理她一下吧。」

「嗯，我知道了……」

米米的聲音，變得比剛才還要小聲。

應該說，她的聲音聽起來很想睡。

「……我寫了信要給爸爸媽媽。他們回來之後，妳再幫我轉交給他們吧。話說回來，我之前就一直告訴他們，等我存到錢就會出去旅行。所以，即使發現我不見了，他們也沒什麼好擔心的吧。」

「嗯……」

終於，米米的聲音聽起來都快睡著了。

聽著妹妹這樣的聲音，我抱緊她嬌小的身軀。

搞不好，我其實是個妹控也說不定。

趁現在補充一下妹妹成分好了。

……這時，在黑暗之中，米米說：

「姊姊。」

「……嗯？什麼事？」

被我緊緊抱住的米米也用力抱住我，以細小的聲音說：

「妳要快點回來喔。」

……妹控就妹控吧。

我緊緊抱著米米，一直到早上都沒有放開。

——隔天早上。

為了避免吵醒米米，我小心翼翼地鑽出被窩。

我套上芸芸送給我的長袍。

然後戴上有夠會送我的眼罩，站到鏡子前面一看。

……哎呀，不錯耶。害我有點喜歡戴眼罩了。

接著我戴上帽子，拉低帽沿，並且拿起法杖。

我再次看著自己在鏡子裡面的模樣，有點自戀了起來。

「姊姊，妳在玩什麼啊？」

正當我在鏡子前面擺起姿勢時，不知何時米米已經出現在我的身邊，模仿我的動作。

好好吃了頓早餐之後，我仔細檢查了行李。

看來應該沒有忘記什麼東西。

說是這麼說，我原本就沒有什麼東西，自然也沒有東西可以忘。

於是我準備走出家門，但就在這個時候——

「姊姊，妳有東西忘記帶了！」

我明明就有仔細檢查過行李，米米卻拿著一樣東西追了上來。

「我有忘記什麼東西嗎？」

「便當！」

米米塞了一大包東西給我。

……看來，她好像為我準備了便當。

我悄悄看了一下裡面，當中包著一顆大飯糰。

在出發之前，年幼的妹妹竟然這麼做，害我猶豫起要不要取消這次旅行，和米米一起過著快樂的生活了。

「還有，我怕愛撒嬌姊姊會覺得寂寞，所以這個也給妳。」

米米一邊說著這種失禮的話一邊塞給我的，是她在睡前經常要我唸給她聽的故事書。

我記得，這應該是她的寶貝吧。

我一邊苦笑，一邊將那本故事書塞進行囊裡。

米米見狀，帶著滿意的笑容說：

「姊姊要加油喔！要變成最強喔！」

「……我知道了。吾之妹啊，為姊在此承諾。總有一天，我會成為人人稱頌的『最強魔法師』！」

為了在年幼的妹妹面前耍帥，我揮了一下芸芸送給我的披風。

這樣好像挺不錯的。

芸芸還真是送了樣好東西給我啊。

米米握起小小的拳頭說：

「姊姊要打倒魔王喔！」

「魔、魔王嗎？我確實是對芸芸這麼說過啦，但那只是在逞強……」

「要打倒魔王喔！」

「……我會加油啦。」

拗不過她的我這麼說，米米這才露出滿意的笑容。

9

走出家門，外頭是陽光刺眼的晴朗天氣。

也就是所謂適合啟程的好天氣

對了，啟程之前我得先去一個地方。

「早安。請問綠花椰宰在家嗎？」

「早啊，惠惠。歡迎光臨。我兒子還在睡。」

走進附近的鞋店的我，拜託了老闆在妹妹碰上麻煩的時候請幫忙她。

「包在我身上。惠惠和米米的爸媽原本就拜託過我幫忙照顧妳們兩個嘛！剩下的事情就交給我了。惠惠也一樣，要是有什麼困擾的話隨時可以告訴叔叔喔。」

在因為老闆的話而感到安心的同時──

「既然叔叔都這麼說了，其實正好有件事困擾著我。」

「哦？什麼事，說來聽聽。」

我皺起眉頭，臉色一沉，接著說道：

「其實，府上的綠花椰宰教了我妹妹一些不太好的詞彙。我希望叔叔可以叫他不要再這麼做了……」

「不、不太好的詞彙？到底是怎樣的詞彙啊……」

「我一個女生不好意思說。」

「那個臭小子！」

鞋店老闆一面吼著綠花椰宰的名字，一面衝上二樓。

這樣就可以了。

只要因此得到教訓，他應該就暫時不敢教米米那些奇怪的詞彙了吧。

離開鞋店之後，我重新背好行囊，去找村裡的傳送業者。

前往水與溫泉之都阿爾坎雷堤亞單程要價三十萬艾莉絲。

幾乎是我手頭上的所有財產。

抵達城鎮之後，我又得再打工一下才行了……

不，立刻以冒險者的身分接洽工作也可以。

沒錯，儘管是只能發一次的魔法，只要別弄錯使用時機，我應該不會輸給任何人才對。

要是可以遇見能夠有效活用我的同伴就好了……

就在我想著這些的時候，已經走到傳送業者的店門口了。

「妳也太慢了吧，也不想想我們一大早就來這裡等妳。」

正當我準備走進店裡時，聽見身後有人對我這麼說。

我轉過頭去，看見的是以軟呼呼、冬冬菇，以及有夠會為首的同班同學們。

看來她們是來為我送行的。

「……大家還真閒啊。」

「妳這個傢伙，就連最後一刻都不能好好道謝嗎！」

軟呼呼面紅耳赤地這麼教訓我。

這時，我發現只有一個人沒出現。

就在我東張西望的時候，軟呼呼懶洋洋地說：

「芸芸沒來喔。她說有重要的事情要和父母商量，所以不能來。」

「我、我什麼都沒說啊。」

聽我這麼說，軟呼呼和冬冬菇便不住賊笑。

……可惡，如果今天不是我啟程的日子，我就把她們整到哭出來。

正當我咬牙切齒的時候，有夠會指著我的眼罩說：

「妳戴起來很好看。」

「我會珍惜的。」

我和這個依然搞不太懂的朋友互相道別。

「前往阿爾坎雷堤亞的瞬間移動即將發動——瞬間移動一次僅限四人。下一次瞬間移動時間為中午過後，需要傳送的客人請趁早——」

聽見傳送業者這麼說，我對大家揮了揮手，背對了她們。

最後，我還是沒見到芸芸。

不過，她原本就說不會來送我，而且那個孩子沒什麼朋友又那麼怕寂寞，要是跑來了說不定會想要跟著我走，所以這樣最好。

不過要說不覺得遺憾，就是騙人的了……

我將一整袋銀幣交給老闆，和其他客人一起站到瞬間移動用的魔法陣上面。

聽說使用魔法陣可以降低傳送意外的發生率，並降低魔力消耗。

目的地是水與溫泉之都阿爾坎雷堤亞。

這是我第一次離開村里，要我別緊張是不可能的。

但是，心中的期待也和緊張一樣強烈。

現在的我，不覺得自己會輸。

我答應過米米了。

我要成為「最強的魔法師」。

「好的，傳送即將開始——請放輕鬆，不要抗拒魔法——」

聽著老闆這麼說，我閉上眼睛，全身放鬆。

然後，我回想起剛才來為我送行的同班同學們的面容。

體內自然湧現了力量。

我想像著未知的世界……

「那麼，祝各位旅途愉快。『Teleport』！」

親身接受了傳送魔法——

幕間劇場【貳幕】

阿克婭大人，我不會氣餒的！

好餓。

原本還有那位魔劍士美少年可以誆他請我吃東西，但是他終究還是逃走了。

我每天都哭著耍賴挽留他，但今天早上醒來卻發現他留下一張紙條，人已經不見蹤影了。

紙條上寫著什麼他想用女神大人給他的力量拯救世界，我實在搞不太清楚。真希望他在拯救世界之前先拯救我窮困的生活。

我原本還覺得他一定可以成為一個好阿克西斯教徒的說……

但一直想著溜走的人也無濟於事。

我得想想今後該如何維繫生活才行……

不知道在學校附近放個募款箱如何？

心靈純潔又善良的小朋友們會願意捐出他們的零用錢也說不定。

……可是，要是這麼做的話，總覺得我會失去某種對人類而言非常重要的東西。

既然如此，不如靠我美麗的容貌大賺一筆？

……不行不行，我是出了名的阿克西斯教團的美女祭司，要是這麼做的話，肯定會拖累教團的形象。

話雖如此，再這樣下去我又得三餐都吃瓊脂史萊姆了。

就算我再怎麼喜歡吃，也差不多膩了……

這樣一來，就只能那麼做了吧——

「——是賽西莉！賽西莉出現了！阿克西斯教團的破戒祭司又來啦！」

「喂，賽西莉，妳今天來幹嘛？這裡已經沒有妳最喜歡的年輕艾莉絲教徒了！都怪妳三不五時就來逗他們，有小孩的艾莉絲教徒都非常擔心，全都跑到別的城鎮去了！因為這樣，這個城鎮的艾莉絲教徒人數也跟著銳減！要是妳又來找我們麻煩的話，今天我們真的要好好對付妳了！」

站在艾莉絲教會前的兩個男人說著這種失禮的話，擋在我面前。

「請你們不要說得好像是我害你們的信徒變少似的好嗎？我不過是對什麼都不知道的純潔少年少女闡述敝教團的教誨罷了。難道我就不能對已經加入其他宗教的人闡述教義嗎？」

「你們的教義會對小孩子造成不良影響啦！說什麼『阿克西斯教徒只要肯做就什麼都辦得到。既然什麼都辦得到，要是事情不順利的話也不是你的錯。事情不順利都是這個世界的錯。』，不然就是『無論是壓抑自己、認真過活，還是毫不努力、輕鬆過活，明天會發生什麼事情還是無法預測。既然如此，與其顧慮未知的明天，不如把握確切的當下輕鬆過活。』這種東西！跑去找妳玩的小孩子，回來的時候都變成笨蛋了！說得直接一點，妳給大家添了很多麻煩，拜託妳別再靠近小孩子們了！」

大家都知道我是個喜歡小孩的美女大姊姊，艾莉絲教徒卻這樣怒罵我。

「……我是經常來這個教會沒錯，不過沒想到兩位是這麼看我的啊。我……我啊，原本還以為即使宗派不同，但職業同樣是祭司，我們總有一天還是可以了解彼此的呢……」

聽了他們辛辣的言詞，我握拳低頭，以顫抖的聲音如此低語。

「賽……賽西莉？嗚、喂，幹嘛這種反應啊。總覺得有點罪惡感……等等，妳是開玩笑的吧？只是假裝……心裡受傷……對吧……？」

「沒、沒有啦，我們也稍微說得太過火了一點！也、也對啦，說妳添麻煩、叫妳別靠近小孩子也太過分了！不是啦，就是……看著平常的妳，總覺得應該更……」

我低著頭，鑽過一臉蒼白還倉皇失措的兩人身邊，抓起不知為何放在艾莉絲教會入口的裝滿麵包的袋子。

「咦？賽、賽西莉？妳到底想怎樣……」

「喂……喂，妳這個傢伙，那是……！」

我猛然抬起頭……

「竟然傷害可愛的美女祭司，艾莉絲教徒都該下地獄——！」

然後搶走裝滿麵包的袋子，拔腿就跑。

「妳、妳給我站住，別走啊！那是我們合資買來的麵包，是要發給三餐不繼的可憐人吃的啊……！」

男子如此死纏爛打還打算追趕我，於是我轉過頭瞄了他們一眼。

「被魔劍士美少年溜走，甚至還被你們欺負的我，難道就不是可憐人嗎！別再說了，只有這種時候才叫我別走，事到如今還對我這麼好，是要做什麼！幹嘛挽留我呢，你們乾脆別管我了！別跟過來！」

甩開了一直纏著我，無法死心的兩人。

我對著現在依然眷顧著我的阿克婭大人獻上祈禱。

——阿克婭大人，我不會氣餒的！

「開什麼玩笑啊，笨蛋，誰管妳啊！麵包啦麵包！把麵包還來！」

第三章
水之都的麻煩教團
trouble maker

1

身穿朋友們送的裝備。
答應妹妹要成為最強的魔法師。
完全不覺得自己會輸給任何人。
……我曾經有一陣子這麼想過呢。
「──沒想到，冒險者公會竟然有等級限制……」
將全身的重量放在雙手握住的法杖上，我重重嘆了一口氣。
──水與溫泉之都阿爾坎雷堤亞。
棲息在這個城鎮附近的，據說都是一些很強的怪物。
確實也有哥布林、狗頭人之類，能夠輕鬆打的怪物，但那些怪物身邊多半都跟著名為初學者殺手的怪物。
因此，這個城鎮的冒險者公會不讓低等級的冒險者接任務。

憑我的爆裂魔法，無論是任何強敵我都有信心將其殲滅，但是連工作都接不了的話就沒轍了。

我想去的城鎮是阿克塞爾。

我原本想賺取前往阿克塞爾的馬車錢，可是……

來到這個城鎮之後，我立刻直接前往冒險者公會，結果就陷入了現在這個窘況。

「這下子該如何是好呢……雖然不知道馬車錢到底要多少，不過至少可以確定我手邊的錢完全不夠……」

想著今後的事情，我坐在公園的長椅上，看著打開的錢包嘆氣。

這時，我聽見有人扯著喉嚨大喊：

「——阿克西斯教！請多多支持阿克西斯教！」

「要不要和我們一起欣賞阿克婭大人？崇敬阿克婭大人？服侍阿克婭大人呢？保證一定能夠讓您的人生在各種層面上產生戲劇性的變化！」

阿克西斯教。

崇拜水之女神阿克婭，據說信徒中怪胎很多，只論知名度的話確實是數一數二的宗教。

這樣的阿克西斯教徒們，正在大聲吆喝，拉人入教。

「聽了在教團內部流傳的阿克婭大人的各種小故事，您一定也會沒辦法放著阿克婭大人不管——！」

「加入阿克西斯教還有各種好處，像是變成才藝高手，還有大受不死怪物喜愛——！」

……才藝高手也就算了，容易被不死怪物纏上是壞處吧？

聲音是來自兩名年輕的女信徒。

她們拚命呼喊著，但是結果似乎不太理想。

「看來，那些人也很辛苦呢……」

我將視線從阿克西斯教徒身上移開，看著阿爾坎雷堤亞的街景。

這裡果然是適合資深冒險者的地區，偶爾看見以這裡為據點的冒險者們，每個人身上都穿著高級的裝備，看起來就很強。

我實在不覺得，他們會歡迎我這種新手成為同伴。

「啊！那位看起來就沒朋友的小姐！雖然妳感覺就沒什麼福氣，但加入阿克西斯教團的每個人都可以得到幸運喔！」

「沒、沒什麼福氣……不、不好意思，妳的意思是可以讓我交到朋友嗎……不是啦，對、對不起，我現在正在找人，改天再聽妳說！」

既然如此，我想賺錢就只能找些實際收入比較少的普通打工……

「……！」

因為剛才從背後傳來的那個聽起來非常熟悉的聲音，我猛然站了起來，連忙轉過頭去。

但是，我沒看見長年以來和我每天鬥嘴的那個女孩，只有努力招募信徒的那兩個阿克西斯教徒。

難道，我在潛意識中想要依賴她嗎？

覺得有點丟臉的我，感覺臉都變紅了。

……不對，這樣不行。

現在沒時間管別人了，我得找到工作才行。

我雖然在紅魔之里沒辦法好好工作，不過那只是因為紅魔之里的情況特殊。

那裡的工作都是以會用上級魔法為前提所以我才會失敗，不需要用魔法的採收蔬菜我做起來就沒有問題。

而且，要不是軟呼呼她們沒事跑來鬧我的話，定食店的打工我也做得很好。

我可是紅魔族首屈一指的天才，應該沒有多少我做不來的工作才對。

對自己這麼說了好幾次之後，我意氣風發地出發去找打工——

2

「妳被炒了。」

「請、請等一下，店長！炒我魷魚也太嚴苛了，這是有苦衷的！」

「我知道了，我就聽聽妳的苦衷吧。」

在居酒屋的員工休息室裡，我苦苦哀求老闆。

來到阿爾坎雷堤亞之後，這已經是我第十間打工的店了。

我可不能在這裡又被炒掉。

「其實是這樣的，有個客人看見我，以為是有小孩子闖進喝酒的地方，說什麼『小妹妹，妳不可以跑到這種地方來喔，回去找媽媽吧。』之類，打算把我趕到店外去。」

「原來如此、原來如此。」

老闆用力點了點頭。

……這樣應該沒問題！

「所以啊，我就對那個客人說：『喂，小妹妹是在叫誰啊，我洗耳恭聽。你是從哪裡判斷我是個小孩子的，給我說清楚。』聽我這樣講，那個客人又說：『身高、胸部，諸如此類。』這種沒禮貌的話，所以我就把手上熱騰騰的關東煮給……」

「妳被炒了。」

「店長——！」

——傳送到這個城鎮之後，已經過了一個星期。

我已經換了好幾間店，但仍然沒辦法好好工作。

我該不會是個無法適應社會的人吧。

人稱天才的我。

「還、還早得很……餐飲業的店家是全都炒了我沒錯，但應該還有其他工作才對……！沒錯，之前純粹只是因為運氣不好罷了……！」

為了鼓舞自己而如此自言自語的我，搖搖晃晃地走在大馬路上。

原本是想賺馬車錢的，沒想到就連吃飯錢都賺不到。

前前後後，我已經有兩天什麼也沒吃了。

手邊的財產已經見底，過夜的地方也是旅店的馬廄。

……這和我心目中的冒險者生活不一樣。

話雖如此，餐飲業的打工已經全部失敗了。

真不知道還有沒有什麼其他我做得來的工作……

「……妳好像每天都不知道跑去哪裡要東西吃呢。到底是誰在餵妳啊？」

我抱起黏在我腳邊的點仔，在路邊坐了下來。

我不知道到底是誰在餵牠，不過這個孩子目前看起來好像沒餓到。

不知道對方願不願意一起餵我，我可以吃和點仔一樣的東西沒關係。

就在我冒出這種以人類的身分而言有點危險的想法時……

不知何去何從，因空腹而癱坐在地上的我，突然聽見一聲尖叫——

「——唔！你這樣對付一個柔弱的女生都不覺得羞恥嗎！」

「妳、妳這個傢伙……！」

「妳倒是作賊的喊起抓賊來了！給我適可而止……！」

我聽見尖叫趕到現場一看，發現有個漂亮的大姊姊被兩名年經男子抓住了手。

這……這是！

我衝了出去介入他們之間，然後用力甩了一下披風。

「到此為止了！」

「「「！」」」

因為我突然闖入而吃驚的三個人瞬間停下了動作。

然後，首先回過神來的是那個被找麻煩的大姊姊。

「請救救我！這兩個人說什麼『真是的，長那麼可愛是想誘惑誰啊？身材那麼誘人還在大街上晃來晃去，就算被怎樣了也怪不了別人啊！』，打算硬是把我拖到別的地方去！」

「我、我們可沒那麼說！」

兩名男子立刻如此吐嘈，但是在這種狀況下該相信誰早有定論……！

「**吾乃惠惠！身為紅魔族首屈一指的魔法師，擅使爆裂魔法！**哼，既然本小姐已經來了，可不會坐視不管！」

「喂，妳是紅魔族的吧！等、等一下，妳是不是誤會什麼了！我們才是受害者啊！」

「先別衝動，有話好說！」

男子們大驚失色地如此辯解。

「太遺憾了！你們騙騙其他凡夫俗子也就算了，在本小姐的紅眼之前，那種搪塞之詞可不管用！」

「不，妳把那雙紅眼放亮一點好嗎！」

「對啊，我們是這個城鎮的艾莉絲教徒……啊啊！糟、糟了！」

在我們針鋒相對之際，那個被找麻煩的大姊姊已經趁機拔腿逃走了。

……是說，艾莉絲教徒？

「喂，妳要怎麼負責！那個女人是阿克西斯教徒啊！她跑來我們的教堂，在艾莉絲大人的畫像上塗鴉耶！」

怎、怎麼辦？

「不久之前，她還把我們教團每天發給貧困之人的麵包全都搶走了！」

的確，我聽說這個城鎮是阿克西斯教團的總部。

我也聽說過阿克西斯教團有很多怪胎，沒想到他們竟然自由奔放到這種地步……

「這、這個嘛，我很抱歉……畢、畢竟我才剛來到這個城鎮沒多久……」

兩名艾莉絲教徒準備逼近慌張的我……

——就在這個時候。

「警察先生，就在那裡！」

突然聽見有人這麼大喊，我轉過頭去，發現是剛才逃掉的那個阿克西斯教徒大姊姊。

而且……

「啊啊！我原本以為不過是阿克西斯教徒說的話還半信半疑的，結果過來一看，真、真的有艾莉絲教徒在糾纏年幼的少女……！」

還帶了一個看似警察的人過來。

「等等！我不知道那個阿克西斯教徒說了什麼，但我們什麼也沒做啊！」

「就、就是說啊！我們只是因為那個阿克西斯教徒在我們的教堂裡塗鴉，所以想抓住她罷了……！」

兩人接連如此表示，但阿克西斯教徒大姊姊在警察耳邊說：

「聽見了吧？不只那種未成年少女，他們連我都想抓，真不知道到底想做些什麼。」

「喂，你們兩個艾莉絲教徒！我有話要問你們！」

「「咦咦！」」

在警察走向兩名男子的同時，大姊姊來到我身邊。

「沒事了！妳很害怕吧？好了，趁現在！」

「咦！不，那些艾莉絲教徒呢……？」

正當我因為跟不上太過突然的發展而感到困惑時，大姊姊把手伸了過來。

「啊！阿克西斯教徒和小妹妹，妳們等一下！妳們也得詳細說明清楚才行……！」

警察對著牽起我的手準備逃走的大姊姊這麼說。

「快點，用跑的！我們快逃！」

「我、我沒必要逃走吧……！」

拋下在後面大聲嚷嚷的警察，我就這樣被大姊姊拖走了。

「——妳沒事吧？有沒有受傷？呼……看來我在千鈞一髮之際趕上了呢。剛才真是好險啊。」

「妳在說什麼啊，為什麼說的一副是妳救了我的樣子！而且我什麼都沒做，根本就沒必要逃跑啊！」

被大姊姊硬是從現場拖走之後。

不知為何，我們兩個融洽地躲在小巷子裡。

「妳在說什麼啊，要是繼續待在那裡的話，邪惡的艾莉絲教徒肯定會對妳做出過分的事情。誰教妳這麼蘿莉又這麼可愛！還有，我剛才都救了妳了，道聲謝也不會怎樣吧？啊，順便告訴妳，要是想謝我的話，就在這張入教申請書上簽個字……」

說著，大姊姊準備從懷裡拿出一樣東西，於是我抓住了她的手。

「不，我覺得那些人看起來沒那麼壞啊！還有，我不會加入阿克西斯教的！再說了，到底是為什麼會變成是我該道謝啊……」

就在這麼反駁的時候，我的肚子發出了咕嚕聲。

……都已經兩天沒吃任何東西了，我實在沒力氣理會這個奇怪的大姊姊。

「妳肚子餓啊。這樣的話……好吧，妳就跟大姊姊來吧，我不會虧待妳的！」

我真的沒力氣理會她……

「我是阿克西斯教團的祭司，名叫賽西莉。妳可以叫我賽西莉姊姊，不用客氣喔！姊姊先請妳吃點好吃的東西，邊吃邊和姊姊好好聊聊吧！」

……賽西莉對我這麼說的時候扯開的笑容是那麼可疑，我卻無力抵抗。

3

「小、小蘿莉……？」

「——是小蘿莉……我們教團終於有小蘿莉了！」

「誰再叫我小蘿莉我就跟他決鬥！我會讓你們好好見識紅魔族的真功夫！」

這裡是阿克西斯教團本部的大教堂。

被帶到這裡來之後，大家都熱情地不斷叫我小蘿莉。

「別這麼說嘛，惠惠小姐。根據這個城鎮的條例，我們教團的男性信徒禁止接近小孩子。請妳體諒一下他們的心情。」

「禁止接近小孩子是怎樣，你們到底幹了什麼好事？」

我略顯畏懼地看著教團那些人，這時接獲賽西莉指示的阿克西斯教徒與高采烈地端了飯菜過來。

「好了，請用吧。」

「……妳應該不會在我吃了之後，說我從吃下這些的那一刻起就是阿克西斯教徒了之類的吧？」

「我、我才不會那麼說呢。真的，我對阿克婭大人發誓，絕對不會說那種小氣的話。」

怎麼看都是一副原本想那麼說的樣子。

就在我一面警戒著周遭，一面大口吃飯的時候，一個頭髮斑白的老先生從內場走了出來，身邊還跟了一個看似祕書的女子。

那位老先生笑容可掬，看起來人很好的樣子。

從他身上散發出來的氣息來看，總覺得並非等閒之輩。

「喔喔，好可愛的客人啊。歡迎來到本教團！我是這個教團的大祭司，名叫傑斯塔。」

自稱傑斯塔的那個人這麼說，對我笑了笑。

「大祭司……那還真是厲害呢。聽說，具備祭司適性的人原本就不多，而你還是祭司的上級職業，大祭司啊……」

我的預感告訴我他並非等閒之輩，看來果然沒錯。

「好說好說，你們紅魔族天生具備大法師適性，我也覺得你們非常不簡單呢。」

傑斯塔露出笑容。

「對了，小妹妹，聽說妳找不到工作，也無處可去啊？如果妳不嫌棄的話，我們可以借妳使用這間教堂的房間。在妳找到工作之前，就由我們照顧妳吧。」

並且提出如此慈悲為懷，很有祭司風範的建議。

這真是太令人感激了。

「太感謝你了，我也覺得這樣做實在是太厚顏無恥，但這個問題真的讓我非常困擾……如果有什麼我幫得上忙的事情請儘管說，我什麼都願意做。」

「妳剛才說什麼都願意做對吧？」

聽我這麼說，傑斯塔的表情瞬間認真了起來。

糟糕，我好像太衝動了。

他說不定會叫我入教啊。

「這個嘛，什、什麼都願意做只是一種修辭啦……」

「該怎麼辦呢，這樣的話……叫我哥哥……不，爸爸……不不不，這種時候應該要內衣褲……嗯嗯，拿我當椅子……」

「不好意思，我有點聽不懂你在說什麼。」

正當我聽見傑斯塔奇怪的隻字片語，害我整個人感到退縮時……

「啊啊，偉大的阿克婭女神！請指引迷惘的我吧！」

「不好意思，這個變態是怎樣？」

「他不是變態，他是傑斯塔大人。傑斯塔大人不久之後即將接任最高神官一職，是阿克西斯教團的最高負責人。」

看著那個抱頭煩惱該要求什麼的變態，傑斯塔身邊的女子對我這麼說。

「這個老頭是繼任最高神官喔，這個教團有沒有問題啊？」

「他不是老頭，他是傑斯塔大人。別看他這樣，該有所做為的時候他還是很能幹的。我想……應該是沒問題啦……」

就在我和女子如此對話的時候。

「傑斯塔大人。不好意思，在您興致正高的時候打擾……這是這一季的信徒招收率報告。由於邪惡的艾莉絲教徒暗中阻撓，成果還是不盡理想……」
一名信徒將一份文件遞給依然在糾結的傑斯塔。
「嗯……真傷腦筋啊。這樣要我如何面對阿克婭大人呀。沒辦法了，今天也去艾莉絲教的教堂騷擾那位美女祭司，在抒發壓力之餘順便妨礙他們……」
「不對，請等一下，你們平常就這樣做嗎？所以剛才那些艾莉絲教徒果然是……」
我忍不住吐嘈，然後瞄了把我帶來這裡的賽西莉一眼，只見她轉過頭去看著旁邊。
我想，這些人應該不是壞到骨子裡的壞人。
雖然不是壞人，但是有很多地方不太對勁倒是真的。
「改變招募方式如何？先偽裝成艾莉絲教的工作人員進行招募，到了正式簽名的階段再拿阿克西斯教團的文件給他們簽……」
「不行，這樣招募到的人只會馬上逃走。不如……」
阿克西斯教徒們開始討論各種歪招。
吃完久違的餐點之後，我滿足地喘了口氣，看著這樣的他們……
「……你們在找有效的招募方法嗎？」
同時擦了擦嘴角這麼說。
「你們需要以高智力著稱的紅魔族的智慧嗎？」

聽我這麼說，以傑斯塔為首的阿克西斯教徒們面面相覷。

4

隔天早上。

「真的可以嗎，惠惠小姐？這樣對我們而言是獲益良多沒錯啦。」

「算是代替飯錢和住宿費囉。比起那些奇怪的要求，這樣還好多了……」

有氣無力的我這麼回答傑斯塔。

昨天晚上超慘的。

我和那個名叫賽西莉的大姊姊一起洗澡，結果她在浴室裡用各種方式戲弄我，後來還闖進我的被窩來……

我覺得她應該不是壞人，大概是有什麼奇怪的興趣吧。

我甩了甩頭，試圖甩開昨晚的不好回憶，和傑斯塔一起躲在鎮上的小巷子裡，再次觀察狀況。

——為了報答他們提供的食宿，我對傑斯塔提出了各種招募方法。

「聽好喔，等到有看起來人很好的人經過，我就先故意讓這個購物袋裡的蘋果散落一地。」

傑斯塔一邊聽我說明，一邊點頭。

「然後，看我慌忙地撿著蘋果，覺得我可憐的好心人就會幫忙撿，撿完我就說要答謝，然後把人帶到附近的咖啡廳裡面。於是，在我們閒話家常的時候，以傑斯塔先生為首的阿克西斯教徒們便假裝碰巧經過。之後，你們便自稱是我的朋友，好幾個人一起圍住桌子，威脅……我是說開始名為傳教的招募活動。」

「了不起！太了不起了！感覺成功率應該很高！」

傑斯塔興高采烈地這麼表示時，我把手指放在嘴邊「噓」了一聲，示意要他安靜。

「你看，這麼快就來了一個看起來很好下手的目標。」

躲在巷子裡觀察狀況的我眼前，出現了一位看起來人很好的大姊姊。

好，接下來就是拿著這個購物袋，在大姊姊面前把裡面的東西倒出來……！

就在這個時候。

傑斯塔搶走了我手上的購物袋，衝到大姊姊面前。

然後誇張地將裡面的東西撒了出來。

「啥！」

正當我因為傑斯塔突然偷跑而僵在原地時，他已經在我眼前勤奮地撿起地上的蘋果了。

那個看起來人很好的大姊姊儘管有點害怕，還是幫忙撿了蘋果。

「啊啊！不好意思啊，小姐！這下子我得好好答謝妳才行！正好，前面有間氣氛很棒的咖啡廳呢！」

也不管地上還到處都是蘋果，傑斯塔已經對大姊姊提起答謝的事情，呼吸還非常急促。

看來，那位大姊姊似乎是他喜歡的類型。

所以，他才想自己執行計畫吧。

「不、不用啦，沒什麼好致謝的……先別說這些了，蘋果……」

「蘋果那種東西不重要，去咖啡廳答謝妳比較重要！快，我們走吧！」

「啊，真的不用、真的不用！真的不用謝我！你看起來好像也沒事，那我就告辭了！」

不肯罷休的傑斯塔讓大姊姊感到害怕，連忙逃之夭夭。

眼見她逃走了，拿著購物袋的傑斯塔喃喃地說：

「……差一點就成功了。」

「請你滾回去。」

——我們決定換個地方，執行下一個作戰計畫。

「接下來，為了避免你像剛才那樣亂來，這次就兩個人一起上吧……話雖如此，在執行下一個計畫的時候，如果是像傑斯塔先生這樣感覺很虛弱的大叔，會有點缺乏說服力耶。該怎麼辦呢……」

「惠惠小姐，我也是會受傷喔。」

對傑斯塔的抗議充耳不聞，我躲進小巷子裡。

「也罷。接下來，要鎖定的是看起來正義感很強的男性。首先，我會放聲尖叫，吸引對方的注意。然後請傑斯塔先生攻擊我。此時，就等著讓那位正義感看起來很強的男性救我。之後就和剛才的計畫一樣，說要答謝他……」

「原來如此，計畫我大致上了解了……對了，至於攻擊惠惠小姐的部分，無論多逼真都沒問題吧？」

「要是你敢動我一根寒毛就等著被逮捕吧……啊，有人來了！」

被我鎖定的目標走過來了。

一看就覺得是個心地善良的男人，感覺也很強。

「好，那個人應該可以！那麼，要開始囉！」

我衝出巷子，放聲尖叫，吸引那名男子的注意。

「來人呀！誰來救救我吧！」

附近的人都因為我的尖叫而看了過來。

當然，那個看起來很有正義感的人也是。

「這個看起來很危險的大叔，想要對我霸王硬……上……？」

傑斯塔應該要跟在我後面衝出小巷，攻擊我才對。

然而，他卻在巷子裡瑟縮著身子，移開視線。

「你、你在幹嘛啊！大家都看過來了耶！快點啦，趕快攻擊我啊！再這樣下去，我不就只是一個突然莫名奇妙亂尖叫的怪人了嗎！大家都在看，大家都在看啦！」

就在我低聲對傑斯塔這麼說的時候，有人從後面拍了拍我的肩膀。

「呃，小妹妹，打擾一下好嗎？這是我的證件。」

我戰戰兢兢地轉過頭去，發現是我鎖定的那個正義感看起來很強的大哥哥。

他的手上，有一本黑色的手冊。

那是……

「我是正在休假的警察。這場騷動到底是怎麼回事，可以請妳說明清楚嗎？」

「這、這是有原因的……啊啊啊！」

我看向傑斯塔那邊想求救，卻發現已經沒有人在那裡了。

「——我可以回去了嗎？」

「別這麼說嘛！我不應該丟下妳自己逃跑的，我道歉就是了！應該說，我都忘記惠惠小姐是外地來的人了，沒想到妳居然想要招募警察。」

傑斯塔如此挽留被那位警察叮得滿頭包之後終於獲釋的我。

「這樣好了，你拿張紙還是什麼的給我，好讓我把詳細的招募方法寫下來，之後就請你們自己進行吧。不然再這樣下去，感覺只會讓我碰上更淒慘的遭遇。」

「快、快別這麼說！妳看妳看，惠惠小姐，妳覺得那個路邊攤怎麼樣？那裡賣的串燒看起來很好吃吧！」

「你以為用食物就可以釣到本小姐嗎……不過我還是會吃就是了。」

正當我吃著傑斯塔請我的串燒時，跟在腳邊的點仔似乎也很想吃，一直纏著我。

傑斯塔似乎這才發現到牠，便蹲下來對點仔伸出手。

「哦，厲害厲害。乍看之下只是一隻普通的貓，但我從這個孩子身上感覺到某種非比尋常的氣息呢。」

點仔一點也不怕傑斯塔，還不停嗅著他伸出來的手指上的味道。

我原本以為這個人只是一個奇怪的大叔，但他畢竟是大祭司。

也許他出乎意料的是個實力派呢。

「這個孩子只是普通的貓啦，名字叫點仔。」

「妳有個好名字呢。嗯……看來沒什麼危險。」

傑斯塔在點仔的頭上摸了一陣之後說：

「這麼說來，惠惠小姐為什麼這個年紀就獨自出外旅行呢？不過妳是紅魔族，應該不算太危險就是了。」

「……其實，我正在找人。話雖如此，線索也只有會用爆裂魔法，以及是個巨乳美女，這樣而已。」

吃完串燒的我不經意地這麼說。

我也不覺得只憑這種連線索也稱不上的條件，就可以輕鬆找到那個人。

……然而，傑斯塔給了我一個意外的答案。

「會用爆裂魔法，又是巨乳美女的魔法師……我好像聽說過這樣的一個人呢。」

「咦！」

這個出乎意料的回應，讓我把臉貼到傑斯塔面前追問：

「這是怎麼回事，請說清楚！告訴我詳細情形好嗎！」

「哎呀，怎麼把臉湊得這麼近呢，惠惠小姐？小心我舔妳喔！開、開玩笑的啦，我只是開玩笑的，請不要用法杖對著我。」

被我舉起法杖加以警戒的傑斯塔，像是在回想著什麼似地摸了摸下巴說：

「啊啊，我想起來了。我記得是在阿克塞爾。在新進冒險者的城鎮阿克塞爾，有個連爆裂魔法都會用，又身材姣好，聲名遠播的美女魔法師開了一家魔道具店還是怎樣的。沒錯，因為巨乳和美女這兩個關鍵字太令我印象深刻，所以記得很清楚。我也非常喜歡巨乳呢。」

儘管也得到了一些不太想聽到的資訊，我依然在心裡欣喜不已。

運氣真好！

沒錯，阿克塞爾，正是我打算去的地方！

雖然不確定那個人就是她，但我不覺得會用爆裂魔法的魔法師有那麼多。

……或許可以稍微期待一下。

「不只請我吃東西，還給了我有用的情報呀。為了答謝，我就再幫忙一下你們的招募活動好了。」

「喔喔！妳願意幫忙嗎，惠惠小姐！」

聽到拿出幹勁的我這麼說，傑斯塔的臉上堆滿了笑容。

5

——在阿爾坎雷堤亞當中轟隆響起的，是一陣怒吼與叫罵。

「在那裡！那些阿克西斯教徒把廁所裡的衛生紙全都搶走了！」

聽著背後傳來的責難，我和傑斯塔一起拚命逃跑。

「等一下，傑斯塔先生！為什麼要把衛生紙拿走啊！我完全搞不懂你在想什麼！」

「我把入教申請書放在衛生紙的位置了！沒錯，在因為沒有衛生紙而墮入絕望深淵的迷途羔羊面前，有的是閃閃發亮的阿克西斯教團入教申請書！神之救贖近在眼前，妳認為那個人到底會怎麼做呢？」

「用申請書擦屁屁。」

「……當場在申請書上簽字入教，向阿克婭大人祈求奇蹟出現之類的可能性……」

「絕對沒有。而且把那種東西留在那裡只會被當成間接證據，讓人認為是阿克西斯教團幹的好事，增加更多負面評價……啊啊，被包圍了！」

不知不覺間，我已經和抱著衛生紙的傑斯塔一起被包圍了。

「你們兩個！別再抵抗了，乖乖就範吧！」

看似警察的人們圍著我們，一點一點縮小包圍網。

這是我來到這個城鎮之後第幾次被警察關照了啊？

正當我在內心如此糾結時，傑斯塔拉了拉我的袖子說：

「惠惠小姐，就是現在，現在正是妳發揮力量的時候。請吧，讓他們好好見識紅魔族的真功夫。」

這位大叔的意思是要我用魔法炸飛他們嗎？

「我怎麼可能那麼做啊，我的魔法無法調整威力，會讓這一帶變成廢墟，沒辦法在城鎮裡面用啦！」

「沒問題！這裡有好東西可以用！」

傑斯塔信心十足地這麼說，手上拿的是搶來的衛生紙。

「只要先把這個纏在臉上遮去面容……！」

「你白痴啊，你是白痴吧！我怎麼可能那麼做啊！」

——在警察局聽完訓話的歸途。

「這只是我的想法啦，但就是因為你們老是做這種事情，信徒才不會增加吧？」

「這只是我的想法啦，照一般的方式招募來品行端正的信徒，不就毫無趣味了嗎？」

這個人沒救了。

「真是的，怎麼會碰上這種慘事啊。走啦，該回去了。」

「惠、惠惠小姐，最後再試一次吧！試試看妳剛才教我的那招！就是跑步的小女孩跌倒了站不起來，等經過的人扶她起來的那招！」

「還來喔……」

見我一副不太甘願，遲遲不肯答應的樣子，傑斯塔雙手合十對我低頭。

「拜託妳了！……啊，正好有一個看起來有點苦命，但是心地很善良的孩子走過來了！那個孩子一定不會丟下惠惠小姐不管！拜託妳了！」

真是的。

我告訴傑斯塔這是最後一次之後，便躲到巷子裡準備。

「惠惠小姐，就是現在！」

我在傑斯塔的提點之下衝出巷子，盡可能以最自然的方式跌了一大跤。

「啊啊！咕嗚嗚……我真是太丟臉了，居然會在這種什麼都沒有的地方摔倒……！」
我維持著倒地的姿勢沒有起身，就這麼躺在地上。
快，趕快來幫忙我這個年幼無助的少女吧！
「……嗚嗚，膝蓋磨破皮了啦，痛到不能動了啦……！」
快啊。
「…………再這樣下去，細菌就會從傷口跑進去，引發破傷風……」
「妳在幹嘛？」
聽見那道熟悉的聲音，倒在地上的我就這樣抖了一下。
「…………」
「我說惠惠啊，妳到底在幹嘛？」
既然叫了我惠惠，就表示聲音的主人確實是我推測的那個人。
正當我倒在地上而且冷汗直流，煩惱著要不要乾脆就此裝死蒙混過去算了的時候——
「妳到底在這種地方幹嘛啊啊啊啊啊啊啊！」
「啊啊啊！芸芸，住手！膝蓋磨破皮會痛是真的啦，請不要這樣！」
不知為何出現在這裡的芸芸，抓著還倒在地上的我不停搖晃。

真是的……
這是最後一次喔。
惠惠小姐，就是現在！
すっ
啊啊！咕嗚嗚嗚!!
びたーーんっ
我真是太丟臉了，
居然會在這種什麼都沒有的地方摔倒!!

ゴロ
膝蓋磨破皮了啦…
痛到不能動了啦…
ゴロ
快，路人啊！趕快來幫忙我這個年幼無助的少女吧！
快啊!!
快…
妳在幹嘛？
ビクッ
!!
我說惠惠啊，
妳到底在幹嘛？

6

在阿爾坎雷堤亞一個沒什麼人跡的公園。

「真是的。妳好歹也是我的競爭對手，可以不要做那麼丟臉的事情嗎？而且妳為什麼要做那種蠢事啊？沒事突然摔在地上等路過的人救妳，在那之後是想幹嘛？」

芸芸要我罰跪，如此對我訓話。

不知為何連傑斯塔也跟著跪坐在我身邊，滿心期待，一副心神不寧的樣子。

……一定是希望比他小的美少女罵他吧。

「想知道我為什麼要做那種事情的話，請妳問我旁邊這個人。」

「請務必問我。」

「咦！」

聽我和傑斯塔這麼說，芸芸露出有點厭惡的表情。

「……我從剛才就一直很好奇，你到底是誰？和惠惠是什麼關係？」

「一起在這個城鎮爆處奔波的同伴……不，應該說是同志吧。至少可以肯定不是朋友那麼簡單的關係。」

「咦咦咦！」

「喂，她很容易把任何事情當真，可以不要隨便說那種蠢話嗎？」

同伴……同志……芸芸一臉凝重地反覆唸著這些詞彙。

看著這樣的芸芸，我反過來問了自己在意的事情。

「話說回來，芸芸又是為什麼會出現在這種地方呢？」

「咦？這、這是因為……」

剛才的訓話模式不知道消失到哪去了，芸芸立刻驚慌失措了起來。

…………

「難不成，妳是擔心我才跟了過來嗎？」

「才、才不是呢！是修練！沒錯，我是為了修練才出來旅行的！既然惠惠都說要以冒險者的身分闖蕩下去了，我如果沒有出來外面修行怎麼追得上妳呢！而且，紅魔之里附近的怪物那麼強，大多我都沒辦法一個人打倒……！」

芸芸連忙開始編藉口，不過只有最後那句感覺最像真的。

的確，芸芸只會用中級魔法。

這樣的芸芸只有一個人的話，確實很難對付紅魔之里周邊的怪物。

「也對，紅魔之里附近是對高等級的冒險者而言也有危險的地區。我是因為接連被解僱之後被阿克西斯教團的人收留，於是被帶來這裡，自然而然就開始幫忙招募教徒了，大概就是這樣。」

「是的，惠惠小姐教導了我們很多很棒的招募方法。」

「妳、妳都在做這種事情啊。可是，說到阿克西斯教團……」

芸芸看著傑斯塔，略顯害怕地往後退。

她大概是回想起阿克西斯教團的負面評價了吧。

至於傑斯塔……

「年幼無助的少女害怕的模樣還真是賞心悅目啊……」

則是一邊說著這種無可救藥的話，一邊一臉幸福地嘆了口氣。

這個人的教團怎麼不快點爆炸呢？

「惠、惠惠，我覺得繼續待在這個城鎮好像不太好耶……而且，妳的目的地不是阿克塞爾嗎？」

「是啊。可是我還沒賺到馬車錢，所以必須暫時待在這個城鎮打工賺錢才行。」

聽著我們的對話，跪坐在我身旁的傑斯塔一副心神不寧的樣子，搖了搖我的肩膀說：

「惠惠小姐、惠惠小姐，這位看起來很苦命的少女是誰啊？請務必介紹給我認識。」

「看起來很苦命！我、我的確沒什麼朋友，但可不想被初次見面的大叔這樣說啊！」

「這個看起來老是抽到下下籤的女孩是我的同鄉，魔法師芸芸。她好像受到我的啟發，正在進行修練之旅呢。」

聽了我的說明，傑斯塔點了點頭。

「像這樣被女生罰跪固然是很棒的獎賞，但根據我的經驗，差不多是該有路人看見此情此景跑去報警的時候了。在警察來到這裡之前，我們還是先回教堂，妳們再好好敘舊吧？」

說著，他溫和地笑了。

7

——打開了教堂的門，傑斯塔輕聲地說：

「……這到底是怎麼回事，又是哪種情趣遊戲嗎？」

「才、才不是什麼情趣遊戲！阿克西斯教團的最高負責人，傑斯塔大人。我們是來執行傳喚您的命令。請和我們一起去警局一趟。」

回到阿克西斯教堂，迎接我們的，是率領著眾多警察官的女騎士。

兩名警官從傑斯塔的左右兩邊抓住他的手臂，準備直接將他帶走。

就在傑斯塔一臉傻愣地任憑擺布的時候──

「你們是怎樣？連罪狀也沒說就突然逮捕，未免太蠻橫了吧？這個人到現在為止都和我待在一起，若要他的不在場證明，我是可以作證喔。」

我如此抗議，同時站到他們前面，擋住入口……！

「傑斯塔大人！您這次又幹了什麼好事？我明明就告誡過您好幾次，那些嶄新的自得其樂必須適可而止啊！」

「性騷擾艾莉絲教的美女祭司終於過頭了嗎？」

「之前他跑去行政機關抗議說什麼『我侍奉的可是水之女神阿克婭，再也沒有比我更適合當游泳池監視員的人了吧！小朋友！小朋友就交給我看顧了！』，大概是那件事吧？」

「是因為他演講過『女性購買男性內衣褲不會讓人起任何疑心，男性購買女性內衣褲卻會在背後被人指指點點，這是性別歧視！』這樣的內容吧……」

聽著信徒們七嘴八舌地這麼說，我輕身往旁邊一挪讓出了路，並且說：

「請。」

「謝謝妳的合作。」

然後對著女騎士點頭示意，準備直接離開阿克西斯教堂……

「惠惠小姐，妳怎麼可以在這種時候丟下我呢，太過分了吧！不久之前我們不是還共享一種相當嶄新的情趣遊戲，一起在大庭廣眾之下跪坐著挨罵嗎？」

「別、別說那種會引人誤會的話好嗎！不要把我當成和你一夥的，這讓我非常困擾！」

甩開警官鉗制的傑斯塔先是巴著我不放，接著又對著女騎士說：

「再說了，妳是怎樣啊？一天頂多逮捕一次，這不是我和你們之間說好的規定嗎？我今天已經先被帶到警局訓話過一次了耶。」

「我們何時跟你說好了！……傑斯塔大人，可以請你認真聽我說嗎？今天和以往不同，不是訓話就能解決的問題。」

「也就是說，妳想和我玩監獄遊戲嗎？」

「夠了！每次跟你講話，都讓我覺得腦袋會壞掉！」

焦躁地在頭上亂抓了一陣之後，女騎士還是開口說：

「政府將這個城鎮的溫泉的水質管理工作，交給了祭拜水之女神的阿克西斯教團……然而，從昨天開始，鎮上的溫泉旅店接連提出各種控訴。內容都和溫泉的品質有關。」

說著，她對傑斯塔投以冷酷的眼神。

「……咦？這麼說來，我記得堆積如山的報告書當中，確實有幾份提到了這件事。只是性騷……妨礙邪教徒、招募迷途的羔羊們讓我忙到分身乏術，所以決定延後處理……好吧，那我們也去調查泉源好了。」

對於傑斯塔的這番話……

「沒有那個必要。」

女騎士斬釘截鐵地這麼說，並且對他遞出一張紙。

「請你看一下這個。現在，你涉嫌犯下外患誘致罪！」

「外姦誘恥……？這是什麼罪名啊，太不道德了吧？」

「看清楚紙上的字好嗎！……不久之前，這個城鎮的高官接獲了和這個城鎮交流匪淺的紅魔族們提供的情報。你也知道這個傳聞吧？紅魔之里住著一位神準的占卜師。」

紅魔之里的神準占卜師。

……她指的該不會是套牢吧。

「『阿爾坎雷堤亞不久之後將有危機來臨。在溫泉出現異狀時，須注意溫泉的管理者。那個人正是魔王的爪牙。』……這就是紅魔族占卜師的預言。『溫泉出現異狀時』……沒錯，這個部分完全符合目前的狀況。既然如此，就表示目前負責管理溫泉的你們，和魔族有所聯繫，試圖陷害這個城鎮呀啊啊啊啊啊啊啊啊！」

「妳這個小ㄚ頭在說些什麼啊！妳說教義當中有著『惡魔必殺』、『魔王必滅』的我們，和魔族那種東西有往來？就是這張嘴說出那種蠢話的嗎！可惡，看我親下去！」

「住、住手！你想多加妨礙公務罪和強制猥褻罪嗎！住手……住手啦！你們幾個，快把這個男人帶開，快點……！啊啊啊！住手，不要啊啊啊啊啊！」

在推倒女騎士的傑斯塔遭到壓制時，其他阿克西斯教徒們紛紛逼近警官們表示抗議。

在千鈞一髮之際重獲自由的女騎士淚眼汪汪地遠離傑斯塔，同時說：

「呼……呼……正、正如同我剛才所說！紅魔族的占卜，目前為止從來沒有不準過！相對的，根據你們平常的行為來考量，不用比也知道哪邊可信吧。事情就是這樣，我就先從身為負責人的這個變態開始偵訊。根據他的供詞，我們可能也會找你們其他人問話！」

女騎士漸漸恢復冷靜，這時換成賽西莉抨擊她。

「等一下！的確，傑斯塔大人是個無可救藥的變態，沒事就跑來浴室偷窺，每次都讓我很想狠狠敲他的頭看能不能治好他！但是，這樣的傑斯塔大人也就算了，就連我們，妳都以為會背棄阿克婭大人，並和魔族聯手？最好是會有這種事啦，妳這個波霸女！看我把妳那堆柔軟的贅肉扯掉！來啊，給我把胸部露出來！」

「住手——！你、你們是怎樣，不分男女都要對我性騷擾！你們幾個，快點把這個變態帶走！你們這些傢伙給我聽好，在我審問完這個男的以前最好乖乖的……混帳，住手！夠、夠了，我們趕快離開這個地方……啊啊，住手！住手啦！」

「這是艾莉絲教徒的陰謀！別被騙了！他們一定是害怕我的明星光環，巧妙地利用了這個沒什麼腦袋的小丫頭，試圖陷害我……！」

上衣被賽西莉脫掉的女騎士儘管快要哭出來了，還是帶著不停叫嚷，劇烈抵抗著的傑斯塔逃之夭夭，離開了這裡——

8

傑斯塔被帶走之後，留在教堂裡的信徒們茫然佇立著。

「怎麼會這樣……傑斯塔大人不在了，這個教堂究竟該何去何從呢？」

眉頭深鎖的賽西莉一臉凝重地喃喃這麼說。

「傑斯塔先生是最高負責人對吧。要是那個人不在了，會產生怎樣的弊害呢？我也幫忙你們就是了，在傑斯塔先生回來之前，我們一起守住這個教團吧？」

見賽西莉心生動搖，我拍了拍她的背，這麼鼓勵她。

「可、可是……也對……再這樣擔心下去也無濟於事。不如把傑斯塔大人平常負責執行的工作分配給大家去做……！……對了，傑斯塔大人平常都做些什麼工作啊？」

稍微恢復了一點精神的賽西莉這麼問其他信徒。

「……聽取告解有專人在負責，教團的財務之類的呢？」

「財務是祕書在做喔。至於在傷患前來教堂時施展治癒魔法……這也有專人負責。傑斯塔大人大部分的時間都在外面閒晃，所以我也沒見過他施展魔法。」

「他會在街頭演講，但也不是對往來的路人闡述教義。演講內容都是什麼……以男女平等之名，這個城鎮應該以條例規定要混浴才對之類。」

信徒們七嘴八舌地這麼說完，現場頓時陷入一陣寂靜。

「……所以，傑斯塔大人到底都在做什麼啊？」

聽賽西莉這麼問，在場的所有人都只能歪頭以對。

「惠惠小姐，問題解決了。傑斯塔大人不在也沒什麼的問題，不好意思，驚擾妳了。」

「這、這樣好嗎？他好歹也是你們的代表吧？而且那個騎士是認為整個阿克西斯教團都有嫌疑耶，這樣沒問題嗎？」

原本魚貫離開，準備解散的阿克西斯教徒們聽我這麼說，也紛紛皺起了眉頭。

「問題就在這裡了。傑斯塔大人被逮捕是家常便飯，這件事本身是不成問題。但我們被當成阿克婭大人所厭惡的魔族的協助者，光是這樣就夠讓人不愉快的了。品行端正的我們，為什麼會突然冒出這種嫌疑來呢？」

賽西莉這麼說，不知為何讓芸芸整個人抖了一下。

芸芸這樣的態度，讓我想通了。

「……芸芸？」

「什、什麼事？」

芸芸以拔高的聲音這麼說，眼神飄忽不定。

「…………就算生理上無法接受傑斯塔先生，也不可以叫警察來抓無辜的人喔。」

「才、才不是呢！我才沒有報警！我是不太喜歡那個老先生，但也沒有厭惡到那種程度好嗎……！」

我歪著頭對慌張不已的芸芸說：

「那麼，妳到底是為什麼會嚇一跳呢？之前我妹妹尿床的時候，為了湮滅證據急著想要學點火魔法燒掉棉被……當時她的表情就和妳現在一模一樣喔。」

「米米會做這種事情嗎！不、不是啦！其實……其實是這樣的啦……」

芸芸雙手交握，玩弄著手指說：

「……就是啊，在我離開紅魔之里的時候，村里的占卜師──套牢小姐拜託我跑腿。而且……還說因為看見了阿爾坎雷堤亞陷入危機的未來，如果我要來這個城鎮的話，就幫忙把寫了預言的信件送過來……所以……」

說著，她一臉歉疚地低下頭——

幕間劇場【參幕】

——阿克婭大人，我不會輸的！——

大事不妙了。

事情就發生在今天依然前往艾莉絲教堂的我，為了打發時間而在艾莉絲女神的肖像畫上塗鴉，然後逃離邪惡的艾莉絲教徒們的那個時候。

一名蘿莉魔法少女突然現身，拯救了被艾莉絲教徒逮到的我。

這是怎樣？這是怎麼回事？

難道是因為我努力在艾莉絲女神的肖像畫上塗鴉所得到的獎賞嗎？

「**吾乃惠惠！身為紅魔族首屈一指的魔法師，擅使爆裂魔法！**哼，既然本小姐已經來了，可不會坐視不管！」

正合我胃口的魔法少女這麼說，還擺出了架勢。

她是怎樣，好可愛喔，像天使一樣。完全就是我的菜。

這個女孩是怎樣？是天使嗎？

「喂，妳是紅魔族吧？等、等一下，妳是不是誤會什麼了！我們才是受害者啊！」

「先別衝動，有話好說！」

兩名艾莉絲教徒連忙大聲抗議，但是……

「太遺憾了！你們騙騙其他凡夫俗子也就算了，在本小姐的紅眼之前，那種搪塞之詞可不管用！」

原本還以為是個像天使一樣的女孩，原來真的是天使啊。

怎麼辦，居然願意無條件相信我是怎樣，太開心了，好想把她擄走啊。

不妙，這下不妙了，肯定不妙啊，再這樣下去，我很有可能會在大庭廣眾之下對她「抱緊處理」。

上個星期才去警察局叨擾過，要是現在我真的抱下去就真的不妙了。

我還是先去冷靜一下腦袋好了。

「不，妳把那雙紅眼放亮一點好嗎！」

其中一個男人如此吐嘈，就在這個時候！

「對啊，我們是這個城鎮的艾莉絲教徒……啊啊！糟、糟了！」

我甩開抓住我的那雙手，然後直接往小巷子裡面衝。

幸好，那兩個艾莉絲教徒沒有追過來。

我偷偷從小巷子裡探頭一看，發現救了我的那個女孩正顯得有些不知所措。

太可愛了。

「喂，妳要怎麼負責！那個女人是阿克西斯教徒啊！她跑來我們的教堂，在艾莉絲大人的畫像上塗鴉耶！」

被男子如此怒罵，女孩嚇了一跳。

去那個男的家裡，往門上的郵筒裡面灌大量的瓊脂史萊姆好了。

在我這麼想的時候，另外一個男的也跟著大聲抗議。

「不久之前，她還把我們教團每天發給貧困之人的麵包全都搶走了！」

我也很貧困啊，所以應該也有權利拿麵包才對。

尤其在愛情方面特別貧乏。

被那個美少年魔劍士逃走了，更讓我想要那個小蘿莉的愛。

「這、這個嘛，我很抱歉……畢、畢竟我才剛來到這個城鎮沒多久……」

艾莉絲教徒正在逼近慌張地這麼說的女孩。

看見這一幕，我連忙環顧四周。

長年以來在這個城鎮歷經百戰的我，對那個人知之甚詳。

這個時間，那個人一定在巡邏…………看吧，找到了！

我緊緊抓住那個人的手臂，聲淚俱下地哭訴：

「拜託你幫幫忙，是艾莉絲教徒！原本追著我到處跑的艾莉絲教徒，突然對正好經過的年幼少女伸出魔爪……！」

「艾莉絲教徒？可、可是，他們應該不會做出那種事情才對……」

聽他懷疑地這麼說。

我指著艾莉絲教徒們，放聲大喊：

「警察先生，就在那裡！」

——阿克婭大人，我不會輸的！

第四章
水之都的救世主們
瘋狂信徒

1

隔天早上。

在教團留宿的我和芸芸，準備前往阿克西斯教徒們聚集的教堂。

「聽好了，芸芸只是受同鄉之託，忠人之事罷了，不需要感到內疚。所以，妳大可表現得正大光明。」

「我、我知道了！說的也是，我只是送了一封信罷了，就算那位老先生因此必須接受偵訊，也……嗚、嗯……也和我無關！」

芸芸猶豫了一陣子之後，猛然抬起頭。

自從傑斯塔被帶走，她就一直覺得是自己的錯，一直很煩惱……

「這樣想就對了。追根究柢，要是他平常的行為檢點一點的話，人家說不定還會聽他辯解一下。會直接被那樣帶走，也是他自作自受。而且，如果他真的是清白的，一定馬上就可以回來了，妳沒必要那麼介意啦。」

「說、說的也是！我知道了，無論被教團的人責怪，還是被說成怎樣！我都會秉持強硬的態度！」

說著，芸芸下定決心，推開了教堂的大門……！

「哎呀，惠惠小姐、芸芸小姐，妳們早安。睡的還好嗎？」

待在教堂裡面的，只有頭髮依然凌亂，一邊吃著早餐的賽西莉一人。

「早安……只有大姊姊一個人留在這裡看守嗎？其他的阿克西斯教徒們都上哪去了？」

「大家早就出門啦！要是這個狀況持續下去，傑斯塔大人就得讓出最高負責人的位子。這樣一來，就必須決定新的負責人。決定最高負責人的方式，是由阿克西斯教徒進行投票。所以，大家正在努力進行競選活動呢。」

競選活動……

「請、請問……在競選活動之前，各位不考慮在鎮上到處打聽，為那位名叫傑斯塔的先生洗刷冤屈之類的嗎？」

「嗯？為什麼我們要做那麼麻煩，感覺又不太好玩的事情？不用擔心啦，要是他真的是無辜的，一定過不了多久就會回來了。而且就算回不來也沒關係。我們大家討論過了，發現傑斯塔大人不在的話對我們而言還比較好，所以決定就這樣不管他了……」

「妳是認真的嗎！賽西莉小姐，送信過來的我好像沒資格這麼說，但這樣真的可以嗎？妳們不去救他可以嗎？」

芸芸不停搖晃吃著荷包蛋的賽西莉，焦急地大聲疾呼。

原本還說要秉持強硬的態度，但看起來她心中的罪惡感還是比較強烈。

「話素惡麼縮沒貨啊……可是目前還在警方進行調查的階段。溫泉的管理確實也是由傑斯塔大人負責，實際管理的溫泉接連提出了控訴也是真的。還是讓警方好好調查傑斯塔大人，有罪就是有罪，無罪就是無罪，好好查個水落石出比較好。」

賽西莉一面嚼著東西一面這麼說。

「而且……」

然後，她吞下了嘴裡的東西。

「我聽說紅魔族那個神準占卜師的預言，幾乎是必定會說中喔。聽說，她是暫時借用一個號稱能夠看見未來的可疑惡魔的力量，以極高的準確度占卜。也難怪平常總是睡到中午的大家會難得從一大早就開始活動。」

太、太過分了。

「套牢的占卜確實幾乎是必定會說中啦……但就算是這樣，儘管只有一個人相信傑斯塔先生是清白的也不為過吧……啊，不過大姊姊真不是蓋的。只有妳一個人留在這裡，沒有去拉票呢。」

「我嗎？我只是為了慶祝傑斯塔大人被逮捕喝酒喝到很晚，所以才睡到這個時候。當然，吃完這些之後我也要上街去……」

「太過分了！惠惠，怎麼辦！我沒有想到只是送一封信，就會搞出這麼嚴重的事情來啊……！」

驚慌失措的芸芸一臉快要哭出來的樣子，但是最重要的教團的人們都不打算救他的話，我們也無計可施。

真是的。剛才明明還說和妳沒關係的。

「沒關係啦，芸芸小姐。傑斯塔大人現在大概正因為接受女騎士的偵訊而感到很開心吧。妨礙他享樂才叫不識相。先別說這些，妳要不要幫大姊姊的忙啊，打工薪水很優渥喔。因為我之前做過太多事情了，鎮民們都認得我的長相，光是找人攀談，大家就會對我冒出戒心。如果是妳的話就沒問題了……！」

「什麼沒問題啦！惠惠，妳也說句話啊……！」

「妳願意出多少薪水？」

「我想想……每多一個人投票給我，我就付一萬艾莉絲……」

「…………」

「等一下，我知道了！芸芸，我知道了啦，所以妳可以不要繼續準備施展魔法了！」

「大、大姊姊分一片火腿給妳吃就是了！冷靜一點——！」

2

安撫完激動的芸芸，在鎮上繞了一個小時之後。

一直走在最前面的芸芸轉過頭來，一臉有話要說的樣子。

「惠、惠惠……就是啊……」

「……憑著一時衝動而衝出阿克西斯教團的教堂，但也不知道要去哪裡，現在不知道該如何是好了，大概是像這樣吧？」

「…………是。」

紅著臉的芸芸害羞地輕輕點頭。

「惠惠小姐，別生芸芸小姐的氣嘛！妳看，這紅通通的羞赧表情！啊，真是太可愛了！怎麼會這麼可愛啊！放心吧，姊姊是和妳同一國的，妳可以叫我賽西莉姊姊沒關係！」

不知為何跟著我們跑出來的賽西莉一副感動至極的樣子，緊緊抱住了芸芸。

我對這樣的賽西莉說：

「大姊姊，聽我說句話好嗎？」

「叫我賽西莉姊姊！」

「大姊姊。請妳聽我說……女騎士小姐是這麼說的吧？管理泉源的是這個教團，而從昨天開始，鎮上的溫泉旅店就紛紛提出控訴。」

「是啊。我早就決定不回首過去，所以一點都不記得有這件事，不過好像是有類似的控訴啦。」

這位大姊姊真的沒問題嗎？

「所、所以啊，我想先到各個提出控訴的溫泉旅店去看看。就算溫泉有異狀，或許和紅魔之里的占卜師所指的異狀並不是同一件事。我想，還是應該先調查一下到底發生了怎樣的問題才對。或許，這不是刻意為之的犯案，而是單純的意外也說不定。」

「……原來如此。不過，我還是賭『傑斯塔大人是真凶』一萬艾莉絲就是了！」

「賽、賽西莉小姐，這樣太殘酷了！」

依然被「抱緊處理」的芸芸紅著臉如此大喊。

話說回來，我們該從哪間溫泉旅店開始拜訪呢……

……咦？

「那是什麼狀況啊？好像起了點爭執的樣子。」

「嗯嗯——？哎呀，那個人是我們的教團成員呢。」

我們的視線前方那個男人，確實是我在教堂裡見過的人。

「——沒想到竟然有這種事情……不，傑斯塔先生確實從以前就經常闖禍。他是經常闖禍沒錯，但沒想到他竟然會和魔王軍私通……」

「不，我可以體會你的心情。而且我也知道，看著我們阿克西斯教徒平常的誠懇表現，對此你一定難以置信吧！」

「不，也沒有那麼難以置信啦。反倒有種『啊，如果是這些人也很正常』的感覺……」

我不經意地聽了一下他們說話，似乎是和傑斯塔被捕有關。

不過，對話內容似乎有點奇怪。

「同為阿克西斯教徒，我感到非常羞恥！傑斯塔大人……不，傑斯塔讓教團的信用跌落谷底，我無論如何都要設法止跌回升！」

「我覺得無論傑斯塔先生在不在，大概都差不到哪裡去吧。別說這些了，你可以放開我了嗎，我得去田裡灌溉才行……」

看來是那個阿克西斯教徒大哥攔住走在路上的農家大叔，開始講起道來了。

「灌溉田地有那麼重要嗎！灌溉用的水是從哪來的？沒錯，是有水之女神阿克婭大人的恩賜而降下的雨水。這個城鎮是什麼城鎮？……沒錯！是水與溫泉之都阿爾坎雷堤亞！是阿克婭大人守護的城鎮！換言之，加入阿克西斯教可以說是這個城鎮的居民的義務也不為過！來吧，請你也務必加入阿克西斯教團……！」

「喔，務農的我是阿克西斯教徒沒錯啊。我一直都很感謝阿克婭大人。」

「竟有此事，原來是這樣啊。這樣事情就好辦了。其實是這樣的，因為傑斯塔大人被捕，我們必須決定繼任的最高負責人。然後，決定最高負責人的方式是投票。所有阿克西斯教徒都擁有投票權。所以了……」

事情的發展越來越啟人疑竇了。

「這裡有一條內褲，是艾莉絲教的美女祭司晾在後院的……你知道我想說什麼了吧？」

「……你還真是個壞蛋啊，該說不愧是阿克西斯教徒吧。」

見大叔一臉不以為然，教徒大哥在他眼前拉了拉那條內褲說：

「哎呀？那這條內褲……」

「啊，不知道哪裡有值得我投下神聖一票的阿克西斯教徒呢……哎呀，在這裡遇見你也是一種緣份。你叫什麼名字？」

「我的名字啊？哎，可惜我手上只有筆沒有紙……正好，我就在這條內褲上寫下我的名字，請你當成名片的代替品收下吧！」

「既然是名片的代替品那我就只好收下了！原來如此、原來如此……好，我會記得你的！我一直在等阿克西斯教團出現你這樣的人呢……！」

那個大叔和那個大哥一臉愉悅地相視而笑：

「「願阿克婭女神保佑你！」」

兩人如此共鳴，而我和賽西莉在此時從背後用力撞飛他們。

我們是為了偷聽他們的對話才偷偷接近，被我們偷襲的兩人毫無抵抗能力，倒在地上。

「妳、妳們搞什麼啊！」

「可惡，是艾莉絲教徒的襲擊嗎？不對，是賽西莉！妳幹什麼啊，我好不容易有機會拉到票耶！」

倒在地上的兩個大男人在跳起來的同時如此抗議。

「還問我們搞什麼！在傑斯塔先生身陷囹圄的這個時候，你到底在搞什麼啊！」

「惠惠說的沒錯！那個叫傑斯塔的人不是和你同一個教團的同伴嗎！結果你在這種地方握著內褲搞什麼啊！太、太丟臉了吧！賽西莉小姐，妳也說他幾句吧……」

「那條內褲明明就是我的！什麼艾莉絲教的美女祭司的內褲啊！給我訂正，是阿克西斯教的美女祭司的內褲才對！然後把內褲還給我！不然，如果你那麼想要那條內褲的話就把票投給我！」

好像應該把這個人留在教堂裡比較好。

看著賽西莉揪住兩個男人領口，我不禁冒出滿心不祥的預感。

3

「票投崔絲坦！請支持阿克西斯教團的財務長崔絲坦！崔斯坦本人在這裡拜票，請您將神聖的一票投給長久以來經營整個教團的崔斯坦！」

不祥的預感成真了。

在我們眼前對著路人大聲疾呼的，是跟在傑斯塔身邊，地位看似祕書的那位大姊姊。

「我答應各位，在我當上阿克西斯教團的最高負責人之後，將實現以下政見！第一！一夫多妻制的合法化！第二！將結婚年齡限制下修到更低！」

感覺對傑斯塔最為忠誠的那個人……

「第三！只要有愛，那怕是親兄妹……」

「別想再說下去！不准妳再繼續說那種傻話了！」

「大庭廣眾之下，你們到底在說什麼啊！」

沒兩下就被撲上前去的我和芸芸壓制住了。

「妳們做什麼？竟然妨礙我的競選活動……我懂了，難不成妳們是艾莉絲教徒的……」

「我已經聽夠這種套路了！算我拜託你們，別再搞出更多問題來了！」

這位傑斯塔的祕書大姊姊，已經是第十個了。

這是我們阻止的，進行名為競選活動的擾民行為的人數。

「想進行那種奇怪的活動，至少先等傑斯塔先生確定有罪再說好嗎。不只妳，其他人也被我們請回教堂去了。今天請妳先乖乖聽話吧。」

「……我認為傑斯塔大人肯定有罪。不然要我賭傑斯塔大人有罪也可以啊，我出一萬艾莉絲……」

「這句話我也聽膩了！快點啦，乖乖滾回教堂裡去待著！……真是的，這樣根本沒辦法打聽情報嘛！」

阿克西斯教徒們在鎮上四處奔走，以各種手段拉票，讓阿爾坎雷堤亞的治安差到了一個極限。

大肆賄賂的人、強制脅迫的人。

甚至連色誘和近乎詐欺的冒充行為都有。

其中還有一個人，不知道到底想怎樣引人入教，聚集了一堆貓貓狗狗。

——累癱的我和芸芸，坐到公園的長椅上。

「阿克西斯教徒怎麼會那麼有活力啊……」

「我已經開始想回紅魔之里了……」

正當我們兩個垂頭喪氣，虛軟無力地低語時……

「讓妳們久等了！這是冰冰涼涼的瓊脂史萊姆喔！喝喝看，這滑溜的口感包妳們上癮！算是大姊姊請妳們的！要是妳們想加入阿克西斯教的話，不用我說也知道該怎麼做吧！」

只有賽西莉依然活蹦亂跳，拿了飲料來給我們。

瓊脂史萊姆是什麼啊。

光聽這名稱就讓人不太想喝。

我和芸芸提心吊膽地接過飲料，但芸芸的想法似乎也和我一樣，誰都不打算先喝。

「……好了，雖然因為出乎意料的狀況，多了許多不必要的阻礙，導致我們遲遲無法辦正事，不過也差不多該去旅店打聽情報了。我們去看看到底發生了什麼事情吧。」

4

來到溫泉旅店，我們得到了意外的答案。

「……瓊脂史萊姆。」

「沒錯，瓊脂史萊姆。就是那種冷卻之後會凝固，口感滑溜的好喝飲料。我們轉開溫泉的水龍頭之後，不知為何湧出的卻是瓊脂史萊姆。」

——似乎是這麼回事。

轉開水龍頭之後流出好喝的飲料。

……該怎麼說呢，這就是魔王的部下對這個城鎮的破壞行動嗎？

這時，原本沒什麼幹勁的賽西莉突然眼睛一亮，挺身上前說：

「那麼我們可得拜見一下現場才行了。沒錯，既然阿克西斯教團接獲了這樣的指控，身為教團的一員，就必須展開縝密的調查才行！」

「這、這樣啊……那麼，請往這邊……」

「順便問一下，是什麼口味？流出來的瓊脂史萊姆是什麼口味？」

「應、應該是葡萄口味吧……」

「那真是太棒了！瓊脂史萊姆的葡萄口味根本不敗款啊！」

極度亢奮的賽西莉等不及旅店的老闆帶路，幾乎是拖著他往內場走去。

……這個人是不是已經忘記目的是什麼了啊。

「——太過分了，惠惠小姐！芸芸小姐也是！轉開水龍頭就會流出瓊脂史萊姆，可是這個城鎮的任何一個人都曾經有過的夢想啊！妳們竟然不讓我試喝！」

「從浴室的水龍頭裡流出來的不明飲料根本就不是該喝的東西啦。要是有毒的話怎麼辦……說到頭來，瓊脂史萊姆到底是什麼東西啊？好喝的野生怪物嗎？」

離開溫泉旅店之後，我們帶著依然大表不滿的賽西莉前往某個地方。

我們在旅店老闆的帶領之下抵達現場之後，發現真的流出了瓊脂史萊姆。

然後，我們硬是拖著興奮不已的賽西莉，像這樣離開了旅店……

「瓊脂史萊姆是收集可食用的史萊姆的膠質，乾燥製成粉後加以調味的東西。倒進熱水裡面調勻之後靜置，就會產生難以言喻的濃稠感，冷卻之後就會凝固，是一種凍狀飲料。」

我和芸芸面面相覷。

再怎麼說，這也不可能是意外吧。

一定是有人在泉源倒入瓊脂史萊姆的粉末，為了只要轉開水龍頭就可以隨時喝到……！

……這種妨礙行動也太白痴了吧。

「不好意思，我忽然覺得這件事很蠢，可以回去了嗎？」

「等一下啦！妳的心情我懂，但是如果這真的如同套牢小姐的占卜所說，是溫泉產生的異狀的話……」

沒錯，事件本身是愚蠢到不行，但套牢的占卜準確度幾乎是無庸置疑。

這就表示，幹出這種蠢事的犯人果真是傑斯塔了嗎……

「沒辦法，那麼，我們就去看一下這個城鎮的溫泉的供應地吧。」

——這個城鎮的背後，是一座有著泉源的山。

然後，鎮民從泉源處牽了水管，將溫泉引到鎮上去……

「這裡，就是將山上引下來的源泉循環到鎮上的溫泉旅館去的供應站！而且，就是因為阿克西斯教團掌控著這個設施，才能夠在這個城鎮為所欲為而不被抗議！」

「你們這個教團還真是太不像話了……不過，也是因為這樣，鬧出這種事情的時候才會被興師問罪吧。」

在賽西莉的帶領之下，我們來到為城鎮供應溫泉的大型設施。

聽說，平常都是由阿克西斯教徒輪流前來這個設施淨化溫泉和清掃設備。

但是，不知為何，只有昨天是由傑斯塔前來打掃。

這件事好像也是他被懷疑的原因之一。

我們抵達這裡的時候，已經有人先來了。

「……嗯，是阿克西斯教徒啊。妳們來晚了，證據已經被我們拿到了。」

出現在這裡的是幾名警察。

他們手上全都抱著一個大袋子。

「那些袋子裡面裝的是瓊脂史萊姆的粉末嗎？也就是說，真的是傑斯塔先生做出這種傻事來……」

「沒錯。也有目擊情報指出，昨天晚上，傑斯塔大人將這些袋子搬進這個設施裡面來。現在已經是鐵證如山，這下他根本無法為自己開脫了。」

——連目擊證人都有的話，就表示事情真的是這樣了吧。

但是……

「傑斯塔先生怎麼會做出這種蠢事呢。老實說，把溫泉變成瓊脂史萊姆這種破壞行動，實在是愚蠢到不行。」

「是啊，我們也完全不知道他為什麼會這麼做。要是想廢掉這裡的溫泉，乾脆下毒還比較快。但是，一聽說這麼做的人是阿克西斯教徒，整件事又瞬間變得讓人很能夠信服。」

我無法反駁。

如果是這裡的那些怪人，就算質問他們為什麼要做這種蠢事，他們大概也會回答「感覺好像很好玩」之類的吧。

「怎麼會這樣……他是個怪人沒錯，但是看起來沒那麼壞啊……」

原本拚命想幫忙洗清嫌疑的芸芸，這下也有點沮喪了起來。

在這樣的狀況之下，賽西莉則是……

「既然瓊脂史萊姆是從這個設施加進去的，從這裡的水龍頭接來喝就是乾淨的了吧。
吶，有沒有人有杯子啊？還有，有沒有人會用凍結魔法？」

……阿克西斯教徒就是這樣。

5

「到頭來，我們什麼忙也幫不上。話說回來，沒想到傑斯塔先生會做出這種事情……」

在離開設施的歸途。

我們三個人都有點失落，步伐也有點沉重。

「……嗯。那位老先生，真的和魔族有往來嗎？我實在不這麼覺得……」

儘管時間不長，芸芸好歹也和傑斯塔稍微接觸過。

這樣的人和魔王軍有往來，還是讓她有點受到打擊吧。

而我們之中最為失落的賽西莉哀傷地說：

「警察說那是證據，所以不能喝……明明有那麼多瓊脂史萊姆放在我眼前，我卻不能喝……」

好像只有這個人是因為不同的理由而垂頭喪氣。

「事情都已經結束了，再說這些也無濟於事。就算是魔王的手下，又是個罪犯，我還是不覺得他的本性有那麼壞啦。贖完罪之後，他一定會再回來的。」

「外患誘致罪，我記得是死刑耶……」

芸芸冒出這種讓人笑不出來的低語，不禁讓我和賽西莉都聽得臉頰上劃過一道冷汗。

——就在這個時候。

「所以我不是說了嗎！我是一個虔誠的阿克西斯教徒！我耶！沒錯，是我耶！我這個阿克西斯教團的最高負責人，怎麼可能協助魔族那些傢伙！」

「對不起，傑斯塔大人！請你息怒……」

走著走著，前方傳來了一個熟悉的聲音。

我看向聲音傳來的方向……

「傑斯塔大人！」

「要是道歉就可以了事，你們警察早就沒工作了！要是因為沒工作可以做而失業的話，歡迎隨時到我們教團來……哎呀，這不是賽西莉小姐嗎。妳來這種地方做什麼？我知道了，妳是來這裡等我獲釋對吧！」

只見傑斯塔跟著一臉倦容的女騎士走了出來，一副神清氣爽的樣子。

「傑斯塔先生？你怎麼會在這種地方……還有，獲釋又是……」

聽我這麼說，傑斯塔指著他走出來的建築物說：

「什麼這種地方那種地方，這裡是警察局啊，惠惠小姐。至於我為什麼會獲釋，那當然是因為我的清白已經得到證明了啊。」

「「「咦咦！」」」

「為什麼要因此感到驚訝？我怎麼可能做出那麼愚蠢的犯罪行為啊。喂，妳快向她們證明我是無辜的啊。」

在傑斯塔的催促之下，垂頭喪氣的女騎士說：

「……這次因為我們的疏失，冤枉了虔誠的阿克西斯教徒傑斯塔大人，我們真的感到非常過意不去……」

偵訊的時候到底發生了什麼事啊？

「快點，你們也過來排好！傑斯塔大人要回去了！」

「是……是的！真是非常抱歉，傑斯塔大人！」

「這、這樣的疏失真的非常不應該……！」

在女騎士的呼喊之下，幾名警察也從局裡衝了出來。

那個在我們面前說了鐵證如山的警察也在裡面。

原本說證據十足的時候明明是那麼充滿了自信，真不知道到底是怎麼一回事。

「那個一臉跩樣地拿出能夠看穿謊言的魔道具，戴著眼鏡的檢察官！妳們好好幫我感謝一下那個人吧！多虧有她，才能洗刷我的嫌疑！看著她原本信心滿滿的冷酷表情一點一點變成哭臉，真是太令人愉悅了！」

「唔唔……！那、那位檢察官不久之後就要調職到阿克塞爾了。這次讓傑斯塔大人有如此不愉快的經驗，我們真的非常抱歉……」

看著心有不甘地低頭的女騎士，我大概猜到事情是怎麼一回事了。

在比較大的城鎮，警察局裡多半都有能夠看穿謊言的魔道具。

傑斯塔從剛才開始就得意地大放厥詞，大概就是這麼一回事吧。

「哎呀，她要調職啊。真是太可惜了！幫我轉告她，到阿克塞爾去之後，可不要再逮捕清白善良的好人，栽贓莫須有的罪名給他們，千萬別重蹈這種覆轍啊。」

「我、我知道了……」

在女騎士等人的目送之下，傑斯塔來到我們身邊。

「那麼，我先走一步。哎呀，妳們還真是浪費了我一大堆寶貴的時間呢。真的是喔，妳們要怎麼賠我啊。照理來說，我應該請妳們趴在我的腳邊，舔一舔我的腳趾才對。幸好我心胸寬大，才會就此原諒妳們。」

「……對、對於你的寬宏大量，我、我、我們真是萬分感謝……」

這下傑斯塔更加得意忘形了，把手上那個像扇子的東西拍在深深鞠躬的女騎士頭上說：

「別光顧著長胸了，腦袋也該多成長一點吧！」

然後露出心滿意足的笑容，轉過身來。

而那個女騎士用力地咬牙切齒，用著欲殺之而後快的眼神盯著傑斯塔的背影……

6

在返回教堂的路上。

「不過，我好像害大家擔心了呢。沒想到賽西莉小姐竟然會特地前來迎接我。」

增加為四個人的我們，走在日已西沉的鎮上，氣氛卻是和剛才截然不同的輕鬆。

「那還用說嗎！我賽西莉可是打從一開始就相信傑斯塔大人是無辜的！今天也是從一大早就在警察局前面守候了！」

昨天晚上還因為傑斯塔被捕而喝酒慶祝的賽西莉扯了這種瞞天大謊，臉上還帶著笑容。

這、這個傢伙……！

或許是察覺到我和芸芸不屑的眼神吧，帶著笑容的賽西莉牽起我的手，偷偷塞了東西過來，然後點了點頭。

這、這是……封口費嗎？

我是品行高潔的紅魔族。

沒錯，我是自視甚高的紅魔族。

我並不是會因為這種東西而心動的廉價女人，不過還是姑且確認一下金額……

「不、不好意思，賽西莉小姐？可以請妳不要塞瓊脂史萊姆的粉末到我的手裡嗎？我完全搞不懂這是什麼意思……」

聽同樣被塞了東西的芸芸困擾的這麼說，我就將賽西莉塞進我手裡的那包粉丟掉了。

「妳們幾位別再玩了，我們趕快回去吧。我想教團的各位也都很擔心吧。我在警察局的時候，也聽說了很多事情喔！好像在我被捕之後，教團的人們上街大鬧，害得治安都變差了……那是怎樣？大家發動了示威抗議，要警察釋放我嗎？你們真是的，大家有這個心意我是很高興，但是不可以做出這種擾民行為喔。」

從剛才開始就一直笑咪咪的傑斯塔，以滿心喜悅的口吻這麼說。

而就在我和芸芸不禁看向別的地方的時候——

「別這麼說嘛，大家的心情我也不是不能體會！像我，在傑斯塔大人被帶走的那天晚上就一直喝悶酒，喝到大半夜都停不下來呢！」

賽西莉大言不慚地這麼說……

算了，隨這個大姊姊去吧。

要是在這個時候隨便插嘴的話，之後搞不好會被報復。

不過……

「結果，這個問題還是沒解決嘛。到頭來，確實是有人把瓊脂史萊姆加進了溫泉……」

聽我這麼說，傑斯塔也歪著頭說：

「這麼說來，確實沒找到這次惡作劇的犯人呢。我想想，紅魔族的占卜結果，好像說這和魔王的爪牙有關是吧……」

芸芸一臉複雜地說：

「可是，如果是魔王的手下那裡那麼危險的人物，會做這種沒有意義的事情嗎？在溫泉裡面加瓊脂史萊姆耶。說到魔王的手下，應該是惡魔之類的吧？那種人物會做出這種像小孩子惡作劇一樣的事情嗎……」

這時，原本還在聽她說話的賽西莉開口說：

「這該不會是阿克婭大人的獎賞還是什麼的吧？你們想想，從水龍頭裡流出瓊脂史萊姆耶，根本就是小時候的夢想吧。」

「……犯人該不會是大姊姊吧？」

「我怎麼會做那麼浪費的事情呢？要是份量多到可以加進溫泉裡面的話，我肯定會全部一個人獨吞！」

我對賽西莉翻了翻白眼，這時，走在我身旁的傑斯塔忽然悶不吭聲，表情更是前所未見的認真。

「……………魔王的手下……惡魔……嗯。之前，我就覺得這個城鎮有著些許臭味。難不成，這是惡魔的臭味……？」

「傑斯塔先生，你怎麼一臉凝重啊？聽見惡魔這兩個字之後，你就突然變成這樣……」

芸芸原本還戰戰兢兢地看著不知道在煩惱什麼的傑斯塔，忽然往我們身後一看，接著露出一臉呆若木雞的表情。

因為在意芸芸的反應，我也不經意地轉頭看向後面……
看見眼前的那個人，我對腳邊的點仔輕聲說：
「竟然跟到這種地方來了，妳還挺受她景仰的嘛。」
——出現在視線前方的，是將兜帽拉得很低，藏住了尖角的女惡魔。
嘴角帶著一絲淺笑的厄妮絲就站在那裡。

7

臉上掛著淺笑的厄妮絲，開心的看著我和芸芸。
抱著點仔往後退的我，已經退到芸芸身邊。
「……好久不見了。妳們上次竟敢那樣整我。」
「這是怎樣！惠惠小姐、芸芸小姐，這個穿著暴露的女孩是誰！」
搞不清楚狀況的傑斯塔如此嚷嚷的同時，厄妮絲揚起了嘴角。

芸芸從腰間拿出魔杖舉向前，嚴陣以待。

而我在她身邊，試圖以點仔為盾，將牠抱起來給厄妮絲看。

「……竟然出現在這種大街上，妳還真是悠哉啊。就這麼想要我們家點仔嗎？」

「惠惠小姐，這個刻意秀出巨乳的女孩和妳到底有什麼關係？」

「不是點仔，給我尊稱為沃芭克大人……這次，妳那些可恨的同伴們都不在這裡。照理來說我應該隨手收拾掉妳才對，但是在這裡殺掉沃芭克大人特別喜愛的妳也……」

「惠惠小姐，快回答我！這個人為什麼打扮得這麼不知羞恥呢！而且還只是隨便披著長袍就當作有遮好，真是不像話！簡直太不像話了！然而，在不知羞恥之中又同時有種洗鍊的美感。沒錯，如果要打比方的話，就像是泳裝美女穿了大衣的那種離經叛道的感覺……」

「吵死啦！你這個傢伙是怎樣，滾一邊去啦！」

要帥台詞被傑斯塔打斷的厄妮絲，嫌煩地揮手趕他走。

「傑斯塔先生，你別一直挑釁她。這位厄妮絲是我們的敵人。她很想要這顆毛球，才會追著我們來到這裡。」

「這樣啊，她想要點仔小姐。厄妮絲小姐外表看起來有點凶悍，沒想到那麼喜歡可愛的小東西啊。」

「你們兩個收斂一點啦……總覺得，她的心情好像越來越差了……」

因為芸芸這麼說，我看向厄妮絲，只見她瞇起眼睛，太陽穴不住抽動。
看來是我們沒有她以為的那麼緊張，讓她不太爽的樣子。
「你們幾個聽好了，要是不想吃苦頭的話……」
「要怎麼做才能讓妳給我苦頭吃呢？」
「傑、傑斯塔先生！」
芸芸如此警告完全不識相，依然自由奔放到不行的傑斯塔。
「你這個傢伙還真奇怪。那我就如你所願……！」

厄妮絲揚起嘴角，但舉起手的速度卻快了一步。
「給你一點苦頭嚐嚐吧！『Fire Ball』！」
厄妮絲將手向下一揮，火球便朝傑斯塔飛去。
面對這一招……！
「原來是惡魔女孩啊……」
傑斯塔遺憾地嘆了一口氣，並且對著火球舉起手。
「『Reflect』！」
「唔！」

突然，傑斯塔製造出一道光牆，反彈了火球魔法。

厄妮絲躲過被彈回去的火球之後，帶著驚訝的表情看著傑斯塔。

她在舉起手的時候不小心掀開了兜帽，露出了頭上的尖角。

「……哎呀，我還以為你只是個普通的怪老頭呢，挺厲害的嘛。」

我忍不住想贊同厄妮絲這番發言。

我原本也以為傑斯塔只是個普通的怪老頭。

傑斯塔重重嘆了口氣說：

「唉唉……是惡魔女孩啊……無論是半獸人還是食人魔都可以的我，唯有惡魔女孩不行，阿克西斯教的戒律禁止我們欣賞惡魔啊，真是太遺憾了。」

他一邊這麼說，一邊面對厄妮絲。

「惡魔……原來如此，是惡魔啊。確實有股醜惡的惡魔臭味。」

傑斯塔的嘴角洋溢著笑意，但眼神卻完全不是這麼回事。

然而，面對這樣的傑斯塔，厄妮絲似乎也沒那麼慌張。

和傑斯塔對峙了一陣子之後，厄妮絲得意地笑了。

「醜惡的惡魔臭味？真敢說啊。然後呢？不過是普通人的祭司，到底有什麼本事？」

「──那位大人的本事，足以葬送妳。」

「什……！」

厄妮絲慌張地轉過頭去，只見賽西莉不知何時繞了過去，站在她背後。

賽西莉身上，已經沒了之前那種不正經的氛圍。

這點，傑斯塔也是一樣。

兩人的表情都和平常沒什麼兩樣，但眼神卻一點笑意也沒有。

然而，厄妮絲依然是一副氣定神閒的樣子。

「你們真愛說笑啊！本小姐可是侍奉偉大的邪神，沃芭克大人的……」

「『Sacred Highness Exorcism』！」

厄妮絲的話還沒說完，傑斯塔已經施展了魔法。

魔法並未直接命中厄妮絲，而是從她的頭部旁邊掠過，打在馬路上。

魔法命中的地方浮現出白色的魔法陣，朝上空發出強烈的光芒。

厄妮絲見狀，露出一臉受到驚嚇的表情，嘴巴不停開闔。

我不知道那是什麼魔法，不過一定是對惡魔而言足以致命的魔法吧。

因為厄妮絲看著傑斯塔的時候不停顫抖，從她的態度就可以看得出來。

……我原本真的以為他只是一個普通的怪老頭罷了。

「忘記先向妳自我介紹了，厄妮絲小姐。」

聽傑斯塔開了口，厄妮絲抖了一下。

「我是阿克西斯教團的最高負責人傑斯塔，職業是大祭司。」

知道這句話代表什麼意思之後，她冷汗直流。

「在阿克西斯教團當中，已經沒有等級比我高的大祭司了，這點我敢保證。」

臉色蒼白的厄妮絲一點一點往後退。

「同樣的，我是阿克西斯教團的美女祭司，名叫賽西莉。」

然後聽見身後的賽西莉的聲音，厄妮絲才想起她的存在，抖了一下。

「賽西莉小姐，看來這次騷動的元凶，就是這個惡魔女孩了吧。」

「看來就是這麼一回事呢，傑斯塔大人。您會碰上那種慘事，都是這個惡魔害的。」

「什、什麼騷動？你們到底在說什麼啊！我、我來到這個城鎮之後，就一直在找沃芭克大人……」

厄妮絲以拔高的聲音如此否認，但傑斯塔他們完全沒有要聽的意思。

在傑斯塔一個蹬地向前衝出去的同時，厄妮絲也轉身穿越了賽西莉身邊。

「她逃走了，賽西莉小姐！快追！既然對方是惡魔女孩，無論對她做出任何事情都可以

得到寬恕！以阿克西斯教團之名，讓她後悔生而為惡魔吧！」

「遵命，傑斯塔大人！對惡魔處以吊刑——！」

在做出如此危險的宣告的同時，傑斯塔和賽西莉衝了出去，追趕邊哭邊盡全力逃跑的厄妮絲。

8

「……剛才那是怎樣啊？」

「別問我好嗎？我才想問妳呢。」

被留在原地的我們，依然望著傑斯塔他們消失的方向，在原地茫然佇立著。

「……好了。芸芸接下來要怎麼辦？我打算繼續待在這裡，打工到存夠錢為止。之後我會到阿克塞爾去。我原本就打算在阿克塞爾尋找同伴，而且又聽說那裡有個會用爆裂魔法的魔法師。」

雖然不見得就是那個人，但反正我也沒有其他線索。

「我……我、我也想去阿克塞爾，先從弱小的怪物開始修練……」

「原來如此，那還真是巧啊。那麼，妳就先過去吧，等我存夠了錢也會趕上妳的。」

「咦！」

聽我這麼說，芸芸露出一臉傷腦筋的表情。

「可、可是！我、我又不急著上路。大概會暫時待在這個城鎮觀光，然後再到阿克塞爾去吧……」

芸芸顯得相當焦慮，說話的時候眼神也不停飄移。

這時，點仔慢步走到芸芸腳邊去。

點仔以一種渴望的眼神仰望著芸芸，而芸芸本人則是陷入一陣慌亂，把視線移開。

…………

「這麼說來，到這個城鎮之後，好像一直有人在餵點仔吃東西呢。不知道妳有沒有什麼頭緒啊？」

「我、我可不知道喔！點仔再怎麼說也是一隻貓，大概是自行獵捕食物吧！」

她以拔高的聲音對我這麼說的時候，還是不敢看向我。

而點仔完全沒離開芸芸腳邊，像是在期待芸芸給牠什麼東西似的。

「……點仔正在用渴求的眼神看著芸芸喔。」

「大概是很久沒見了，想要我陪牠玩吧！那、那先這樣，我去訂旅店！旅店就在城鎮入口附近，要是有什麼事情的話……」

「——喔喔，惠惠小姐，妳還在這裡啊。哎呀——那個惡魔還真是身手矯捷呢。看見她哭喪著臉我就覺得很開心，數度用足以讓她喪命的魔法擦過她身邊，最後就被她逃走了。」

芸芸有如連珠炮一般說完，準備離開現場的時候，臉上隱約透露出滿足之意的傑斯塔正好也回到這裡來了。

「……瞧你一臉幸福的樣子。」

「妳在說什麼啊，讓她逃掉害我心裡有著萬分遺憾呢。賽西莉小姐似乎和其他教團成員一起去找那個惡魔了……對了對了，惠惠小姐，可以請妳收下這個嗎？」

傑斯塔牽起我的手，塞了一個小袋子過來。

「……嗯？這是什麼？」

「前往阿克塞爾的車馬費。」

傑斯塔這麼說，讓我整個人僵住。

「惠惠小姐傳授給我的那些招募方法，我想一定可以順利成功才對。而且我不打算直接照著妳教我的招募方法去做，而是昇華到更為精緻的方式。沒錯，我要讓我們的招募活動，成為這個城最知名的景象，而這車馬費不過是一點感謝的心意罷了。」

看著傑斯塔充滿自信的表情，我有點煩惱自己是不是犯下了天大的錯誤。

「所以了，惠惠小姐，妳今天打算怎麼辦？要在阿克西斯教團過夜嗎？不過，這個時間的話，前往阿克塞爾的共乘馬車應該還有班次才對。還是妳要直接前往阿克塞爾？」

直接前往阿克塞爾。

……我真想這麼做。

我想盡快動身前往阿克塞爾，向那個人報告。

然後集結同伴，施展我已經忍耐很久沒發的爆裂魔法！

「我要直接出發，立刻動身！」

「咦咦！」

我立刻這麼決定，不知為何害得芸芸驚叫出聲……啊，原來如此。

「芸芸要暫時待在這個城鎮觀光一陣子對吧。那麼，我就先到阿克塞爾去了。」

「妳、妳怎麼可以這樣！我、我好像也改變心意了！畢竟要是惠惠先一步到阿克塞爾去的話，就可以比我多修練一段時間，我們之間的差距又要被拉開了！」

「原來如此，芸芸還真是努力啊。」

「還、還好啦！」

逞強的芸芸將視線從賊笑的我身上移開。

看著這樣的我們，傑斯塔似乎也靈機一動。

「惠惠小姐，難得有這個緣份，不如再多住一晚吧？我們教團裡應該也有人想和惠惠小姐好好道別才對。」

「你這樣說倒也沒錯，我該如何是好呢？」

「咦咦！」

——之後，芸芸被我和傑斯塔兩個人不斷捉弄，最後她終於憤而反擊的時候，天色也已經完全變暗了。

9

「呼……」

泡在阿克西斯教堂後方的露天浴池裡，我呼出一口長氣。

因為是這個教團的溫泉，我有點擔心會有人偷窺，但最危險的傑斯塔，不久之前才中了憤怒的芸芸的雷電魔法。

看他那個狀況，八成明天之前都不會醒了吧。

聽說祭拜水之女神的阿克西斯教團有露天浴池，我原本期待的是可以游泳的大型浴池，卻不是那麼一回事。

腳是可以伸直，但要是多幾個人進來泡的話肯定很擁擠。

「溫泉好舒服喔，惠惠小姐。呵呵……和小蘿莉一起泡澡……呵呵呵呵……」

「不好意思，妳那樣笑讓我覺得滿恐怖的。」

——因為，現在我就已經覺得很擠了。

「別這麼說嘛，不知道為什麼，這個教團的女性成員很少，所以我沒什麼機會像這樣和同性一起泡澡。」

「不過，從剛才開始，我就一直感覺到大姊姊野獸般的視線，害我都不覺得是和同性一起泡澡呢。而且昨天晚上，妳也對我做了很多近乎性騷擾的事情耶。」

我之所以會和阿克西斯教團扯上關係，一開始的契機就是賽西莉，而我現在正在和她一起泡澡，但是……

「不好意思，這裡已經夠窄了，可以不要再擠過來了嗎……」

「我也沒辦法啊，這個浴池就是這麼小！沒錯，要是我的手指在惠惠小姐滑嫩的肌膚上游移也是不可抗力因素所致！」

「我是那種被動手動腳就會反擊的人喔！別以為我會像昨天晚上那樣任妳玩弄！」

我拉開和沒事就愛黏過來的大姊姊之間的距離，把嘴巴以下都泡進溫泉裡。

「不過，我好久沒像今天玩得那麼開心了——我覺得妳和阿克西斯教徒應該很合得來。妳是要去阿克塞爾募集同伴吧？要是妳想找祭司，一定要找阿克西斯教的祭司喔！你們一定可以處得很好！」

「我、我才不要呢，我比較喜歡正經的艾莉絲教徒……而且，我想妳也差不多該放開我了吧……」

「浴池就是這麼小啊，我也沒辦法。雖然尺寸只有這樣，在挖這個浴池的時候好像也花了不少錢呢。聽說是請了一個法力高強的魔法師，施展了炸裂魔法。妳看，浴池的形狀是漂亮的圓形對吧？」

「炸裂魔法啊……」

經大姊姊這麼一說，我摸了摸浴池的邊緣，觸感相當滑順，確實很像是以強大的魔法削開的痕跡。

「對啊——學習爆炸系魔法的人少之又少，當時好像找得很辛苦呢。而且原本想僱用的，其實是會用爆炸魔法的魔法師的樣子。」

大姊姊把脖子以下的部分都泡進溫泉裡，舒爽地嘆了一口氣。

位於教堂後面的這個浴池，是在平坦的岩層上施展魔法，挖出一個小隕石坑的形狀。

要是在這裡施展了爆炸魔法，應該是純粹會讓浴池變得更大吧。

……那麼，如果施展的是爆裂魔法的話呢？

「大姊姊。」

「什麼事？妳也別再叫我大姊姊了，是時候該用有點口齒不清的口音叫我賽西莉姊接，讓我高興一下了吧。」

「大姊姊，是這樣的，妳想要更大的露天浴池嗎？」

「想要啊。這個浴池是從山上接源泉過來的，無論再怎麼大都可以裝滿溫泉……怎麼了嗎，妳的眼睛閃閃發亮的耶？」

越大越好，是吧。

要是施法的時候拿著法杖的話，這個岩洞浴池會整個變不見。

不過，現在我什麼都沒拿。那要是空手施法的話呢？

如果是因為空著手而威力減半的爆裂魔法，一定可以轟出這個城鎮最大的浴池吧。

拿到車馬費的理由實在太不明確了，多留一個紀念品給他們也不為過吧。

「……我會用爆裂魔法。」

「……咦！」

不，還是別這樣想吧。

別說是什麼紀念品，我只是單純想在這裡施展爆裂魔法，作出一個寬敞的浴池。

「我可以在這裡施展爆裂魔法，挖出在這個水與溫泉之都最大的浴池嗎？」

「那當然了……好啊，當然可以！阿克西斯教團的教義當中有一項是說，只要不犯法，做什麼事情應該都沒問題。隨著妳的興之所至施展魔法吧，不用客氣！」

……雖然只有一點點。

但這讓我覺得加入阿克西斯教好像也不錯。

「那麼，大姊姊。」

「叫我姊接！」

「大、大姊姊，請離遠一點！這很危險！……好了，我要出招囉！這就是我來到阿爾坎雷堤亞之後一直忍著沒發的爆裂魔法！」

和大姊姊一起離開浴池的我，眼睛盯著要瞄準的岩層……！

「『Explosion』——！」

這天，我所施展的爆裂魔法……

比起阿克西斯教徒們一天到晚引發的騷動，比起神祕的女惡魔出現，比起發生了小火災，都還要讓這個城鎮的居民們為之驚愕——

10

在共乘馬車的候車室。

在這裡接受傑斯塔等人的送別之後，我準備和芸芸一起搭上前往阿克塞爾的馬車。

「哎呀，我萬萬沒想到惠惠小姐會用爆裂魔法啊。真不知道該怎麼感謝妳才好。有那麼大的浴池，教堂裡的所有人都可以下去一起泡了吧。」

「別想把那裡弄成混浴喔，傑斯塔大人。」

「混浴可是增進同志情誼最為適合的……」

「別想把那裡弄成混浴喔，傑斯塔大人。」

「……算了，無論如何，那個露天浴池就是阿克西斯教團的祕密溫泉了。要是妳再次來到這個城鎮，請務必造訪我們的教堂。」

「好啊。要是我結交到同伴，大家想要一起出外旅行，我一定第一站就到這裡來。」

「期待那個時刻的到來。到時候，我就讓妳見識一下認真起來的我們有多麼強大的力量。我會讓惠惠小姐的每一個口袋，都塞滿阿克西斯教團的入教申請書！」

聽了傑斯塔這令人擔心的言論，我一面苦笑，一面坐上馬車。

……這時，傑斯塔突然作出奇妙的舉動。

擺出祈禱姿勢的傑斯塔，似乎正在詠唱某種魔法。

「——祈求妳能一路平安，願阿克婭女神祝福妳！『Blessing』！」

接受了傑斯塔的魔法，我靦腆地點頭致意。

感覺這好像是我第一次看見這位大叔展現出祭司的一面。

這時，坐在我身邊的芸芸一副坐立難安的樣子，對傑斯塔說：

「不、不好意思……！傑斯塔先生，我也想要那種魔法……」

「呸！」

「啊！」

傑斯塔在地上吐了一口口水，當作是對芸芸的回答。

昨天遭到反擊時中了芸芸的雷電魔法，又知道了這次騷動的起因——套牢的那封書信也是芸芸帶來的之後，傑斯塔似乎依然懷恨在心。

明明是下一任最高神官，竟然這沒肚量。

我安撫了心有不甘地咬牙切齒的芸芸，然後帶著苦笑看向傑斯塔他們。

這時，賽西莉一副依依不捨的樣子，輕輕遞給我一樣東西。

是一個沉甸甸的袋子。

裡面一定是餞別禮吧。

「我明明沒做什麼大不了的事情，不能收這種東西……」

「沒關係啦。那一定會成為妳不可或缺的東西……妳就收下吧。小孩子跟大人客氣什麼呢！」

……原本以為她是個奇怪的大姊姊，竟然在最後一刻做出如此令人刮目相看的事情。

帶著滿懷過意不去的心情，我輕輕打開袋口一看，果然如我所料，裡面裝的是一疊紙。

……奇怪，看起來不太像艾莉絲紙幣……

我覺得奇怪，便仔細看了一下那疊紙。

『阿克西斯教團入教申請書』

「到阿克塞爾之後要好好活用那些喔！」

我將申請書整疊砸向大姊姊。

「——各位乘客，準備好了嗎？前往阿克塞爾的馬車即將出發！」

車夫台上的大叔如此吆喝。

——新進冒險者的城鎮，阿克塞爾。

我要先以那裡為據點尋找同伴。

既然要組隊，最好是個全都是上級職業的隊伍才配得上我。

可靠又勇敢的隊長。

頑強的前鋒。

慈悲為懷的補師。

再加上能夠以清晰的頭腦分析戰況，又具備一擊必殺之力的我。

夢想著如此的未來……

「前往阿克塞爾的共乘馬車，出發！」

我啟程前往冒險者城鎮阿克塞爾——

幕間劇場【肆幕】

──阿克婭大人，我太幸福了！──

在阿克西斯教團的廚房。

「賽西莉小姐，妳究竟是怎麼了？瞧妳從剛才開始就一副心情非常好的樣子。」

我一面洗著碗，一面露出女神般的微笑，而同樣笑容可掬的傑斯塔大人對我說：

「妳那平常看起來就像罪犯的笑容，今天更是讓人覺得噁心呢。」

「小心我用洗碗精注入你的眼睛喔，傑斯塔大人……呵呵，你想問我為什麼心情這麼好嗎？這樣啊，你想問啊。哎呀──要不要說呢──」

「……總之我先去洗澡。那麼，碗就交給妳洗囉，加油。」

「傑斯塔大人，哪有人主動問問題結果自己先跑掉的啊！」

我抓住準備離開的傑斯塔大人的神官服，然後說：

「……其實，我和惠惠小姐約好等一下要一起洗澡。」

「什……！」

聽我這麼炫耀，原本準備離開的傑斯塔大人停下腳步，站在原地倒抽了一口氣。

「……賽西莉小姐。妳的意思是，等一下要和那個小蘿莉魔法少女對彼此潑熱水，幫對方洗背嗎？」

「就是這個意思。我想，一定是因為我每天一點一滴努力妨礙艾莉絲教徒，阿克婭大人才會給我這樣的獎賞！」

聽我興高采烈地如此宣言，不知為何，傑斯塔大人張狂地笑了。

「賽西莉小姐。看來妳好像忘記了一件事！今天負責打掃源泉的人是誰啊？……沒錯，賽西莉小姐，就是妳。」

「咦！」

經傑斯塔大人這麼一說，我陷入一陣恐慌。

「偉大的阿克婭大人獎賞的其實是我啊！既然賽西莉小姐因為有工作而不克前往，就只好由我陪她一起洗……」

「這種邏輯未免也太奇怪了吧，傑斯塔大人！無論怎麼解釋都會被逮捕吧！對、對了，傑斯塔大人！你喜歡瓊脂史萊姆嗎？其實我蒐購了大量的存貨喔，是葡萄口味的瓊脂史萊姆……！」

我一面這麼說，一面拖出我藏在廚房深處的袋子當成賄賂，試圖說服他代替我今天的打掃源泉工作。

正當我忙著拖袋子的時候，傑斯塔大人對我伸出一隻手說：

「賽西莉小姐，我們來做個交易吧。」

「交易？難道……！你想要的，是我成熟的肉體……！」

「我想要的不是那種東西啦，賽西莉小姐。不是這樣的……既然妳要和惠惠小姐一起洗澡……對吧！妳知道我想說什麼了吧！」

看著傑斯塔大人心神不寧，一副靜不下來的模樣，我就明白他想說什麼了。

「……原來如此，我了解了！包在我身上！」

「不愧是賽西莉小姐，一點就通！打掃源泉的工作就交給我了！我會把每個角落都洗得一乾二淨！相對的，妳懂吧，賽西莉小姐。妳也要，就是……惠惠小姐的……這樣又那樣的模樣，每一個角落都要詳細觀察……」

「我懂的，我當然懂啊，傑斯塔大人！你不用再說下去了！不肖賽西莉！這就去浴室衝鋒陷陣了！」

我對傑斯塔大人行了一個有力的舉手禮。

「交給妳了，賽西莉小姐！……對了，趁在妳離開之前……賽西莉小姐，其實我沒打掃過源泉，清洗浴池用的小蘇打到底是哪一袋……」

我已經聽不見傑斯塔大人在說什麼，解放了難以壓抑的心情。

「惠惠小姐惠惠小姐惠惠小姐惠惠小姐──！妳要等我喔，惠惠小姐，姊姊現在就去把妳全身上下每一個角落都洗乾淨……！」

「賽、賽西莉小姐，小蘇打……是這個嗎？就是這個袋子嗎，賽西莉小姐？」

聽著傑斯塔大人慌張的聲音從背後傳來，我還是一股腦衝出了廚房。

不過，沒想到傑斯塔大人也喜歡數磁磚有幾塊啊，我都不知道。

在打掃浴室的時候細數磁磚有幾塊，等到回過神來就已經忙完一整天了。我還以為只有我一個人喜歡這樣呢。

等我洗完澡，再詳細告訴他我數了幾塊吧。

——阿克婭大人，我太幸福了！

第五章 來自紅魔之里的訪客（destroyer）

1

坐在搖晃的馬車上，我喃喃自語：

「他們還真是一群怪人呢……」

從馬車的窗戶往後看，阿爾坎雷堤亞離我越來越遠了。

魔王也害怕的阿克西斯教團。

我所看見的，或許只是阿克西斯教團的其中一面而已吧。

雖然是一群怪人，和他們離別還是讓我有點失落。

正當我心中充滿著感傷時，有人用力拉了我的衣服。

是坐在我隔壁的位子的芸芸。

……她的心情是不是也和我一樣呢？

「惠惠，有沒有什麼好玩的東西，或是奇怪的生物啊？也讓我看看外面的風景嘛。」

她對坐在窗邊的我說出這種沒有情調的話。

「……芸芸也出乎意料的還是個小孩子呢。人家難得沉浸在感傷的氣氛之中說……」

「小、小孩子？妳給我等一下，就連發育也是我比較……啊啊！幹嘛啦，妳為什麼要嘆氣啊！」

沒有理會抓著我的肩膀不住搖晃的芸芸，我繼續看著窗外。

──現在，我們正在朝新進冒險者的城鎮，阿克塞爾前進。

這輛大型的共乘馬車，座位有兩列各五個，包含我和芸芸在內坐了十個客人。

然後，我搶先占據了靠窗的座位，結果……

「吶，差不多已經一個小時了吧？跟我交換啦！」

「我才不要呢，我的體感時間告訴我只過了十分鐘。再說，我搶先占據靠窗的座位的時候，妳不是還說『別做那種小朋友才會做的事情啦』，一副很傻眼的樣子嗎！」

「可是，妳從剛才開始就看著窗外，一副很開心的樣子嘛！」

「當然開心囉，難得坐一趟長途馬車嘛……啊！是奔跑蜥蜴！兩隻奔跑蜥蜴為了爭奪母蜥蜴正在賽跑呢！這下當然要看看哪隻會贏了……」

「吶，交換啦！也讓我看一下嘛，吶──！」

「呵呵……妳們兩個的感情還真好啊。」

爭奪著靠窗座位的我們，聽見一陣笑聲。

坐在對面，帶著一個小女孩的阿姨，瞇著眼睛笑得很開心。

應該說，馬車上的乘客們全都帶著微笑看著我們。

或許是有點害羞吧，芸芸紅著臉、縮著身子，乖乖坐好。這時，那位阿姨遞了一塊餅乾給她。

「小妹妹，妳要不要吃這個？」

「那我就不客氣了。」

「喂！」

我毫不客氣地從旁接過阿姨遞給芸芸的餅乾，芸芸便立刻如此吐嘈我。

阿姨看見這一幕，笑得更開心了。

「來，妳也吃吧。既然搭了要去阿克塞爾的馬車，就表示妳們兩個想當冒險者囉？」

阿姨又遞了一塊餅乾給芸芸，並且這麼問。

在芸芸害羞地接過餅乾的同時，我將餅乾掰成兩半，遞了一半給在我的大腿上不停嗅著餅乾香味的點仔。

點仔開始吃起餅乾，讓坐在對面的小女孩看得目不轉睛，眼神閃閃發亮。

「是的，我想當冒險者。我想先到阿克塞爾去募集同伴……這麼說來，芸芸想當冒險者嗎？妳不是說想打些弱小怪物當成修練？」

「咦？我、我嘛……該怎麼辦呢，只有我一個人的話，要是碰上什麼緊急狀況就麻煩了……看來還是找些同伴比較好……」

「我想也是。要是魔力耗盡，我們就形同普通人了，所以還是必須要有同伴才行。」

「就、就是說啊！惠惠也這麼覺得對吧！所以了，惠惠……」

「一個小隊裡有兩個魔法師的話對平衡度不太好呢。要是可以順利找到沒有魔法師的小隊就好了……怎麼了芸芸？妳的舉止很怪異喔？」

「沒、沒有啊！說的也是，一個小隊裡有兩個魔法師的話，對平衡度不太好呢……」

芸芸先是驚慌失措了一下，隨即垂頭喪氣地啃起餅乾。

正當我看著這樣的她而感到奇怪時，阿姨開心地笑著說：

「看妳們的紅眼睛，應該是紅魔族吧？抵達阿克塞爾之後，妳們兩個一定會很搶手吧。希望妳們可以遇見好同伴。」

聽阿姨這麼說，馬車裡瞬間嘈雜了起來。

「紅魔族？這班車上坐了兩個紅魔族嗎！」

「這趟旅程可以放心了。看來我們不用工作了啊。」

「再說了，根本也沒多少怪物會襲擊我們這種大型商隊吧。」

乘客當中，似乎還有為了保護馬車而僱用的冒險者。

「請放心。我是人稱紅魔族首屈一指的天才的大法師。就算有怪物攻擊我們也完全用不著擔心！」

「喔喔！」

「不愧是紅魔族！」

「等、等一下啦，惠惠！既然有護衛在的話，交給他們就好啦！惠惠的魔法反而會增加損失吧！」

芸芸輕聲叮囑我，但被周圍的人們捧上天的我，早就聽不見她在說什麼了。

……得意了好一陣子之後，我忽然覺得外面有一道影子，便看向窗外。

但是，窗外什麼東西也……

不，天上似乎有什麼東西的樣子。

地面上有個影子和馬車一起前進，不過越變越小。

我探頭到車窗外面往上一看……不知不覺間，連地面上的影子也消失了。

是鳥，或是會飛的怪物？

「惠惠，妳是不是發現什麼有趣的東西了？妳也差不多該跟我換個位子了吧！」

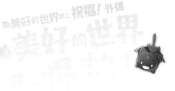

「我才不會跟妳換呢，靠窗的座位是先搶先贏好嗎！」

我們再次開始吵架，這時有人對我們說：

「大姊姊，要不要我跟妳換位子？」

是阿姨帶著的那個坐在對面的靠窗座位的小女孩。

鬧到連小孩子都想讓座了，害芸芸羞得低下了頭。

……我也該收斂一點就是。

2

這個商隊總共有十輛馬車，在往來各個城鎮經商的同時，順便利用空著的客用座位載運乘客，收取車資。

正如剛才某個人所說，這麼有規模的商隊，怪物應該不太會攻擊過來才對。

現在的時刻是剛過正午。

商隊的人為了讓馬匹歇息，停下來午休。

阿爾坎雷堤亞到阿克塞爾之間，是一大片遼闊的平地。

我們的四面八方，都是一望無際的大平原。

「好悠閒啊……看著這樣的景色，真讓人覺得之前聽說魔王軍在王都那邊作亂的消息，應該是謠言呢……」

坐在草地上的芸芸瞇眼看著如此的景色，對我這麼說。

馬車上除了我們以外的其他乘客，也都分散在草地四處，坐著吃便當，或是午睡，以各自的方式歇息。

「妳豁個拱話……」

「把嘴裡的東西吞下去再說話啦。」

「咕嘟……妳說這種話，小心真的會有很識相的怪物跑來攻擊我們喔。不過對於想用魔法的我而言算得償所願就是了。」

「……看來我得多加提防才行了。現在應該提高警覺，以免怪物來襲……」

芸芸為了折斷旗標，開始警戒四周的狀況。

「如果可以就這麼一路平安下去，順利的話明天中午就可以抵達城鎮了吧。」

「閉嘴啦！別說那種會立起旗標的話好嗎！我們不是在學校學過了嗎？那些話都寫在不可以說的台詞集裡面不是嗎！」

芸芸抓著我的肩膀用力搖晃。

「沒問題啦，我們有這麼多人一起移動耶。根據我的計算，怪物會來襲擊我們的機率在0．1％以下……」

「閉嘴！妳想被怪物攻擊嗎？吶，妳是想在大家面前大展身手，才故意說這種話的對吧！」

那當然了。不過呢……

「話是這麼說沒錯，但是怎麼可能真的有怪物會因為這樣就來襲擊我們呢。要對付這麼多人耶，怪物也不是笨蛋好嗎？」

「是沒錯啦……可是，不要再講那種……」

奇怪的話了啦。

芸芸這下半句話還沒說出口。

「怪物出現啦——！」

護衛冒險者們的吶喊聲已經響徹整個平原了——

「所以我不是說了嗎！就叫妳不要講那種會立起旗標的話了！」

「等、等一下，這可不是我的錯！明明就有這麼多護衛冒險者，怪物怎可能攻過來，這太奇怪了！」

淚眼汪汪的芸芸依然纏著我一直罵，而我拚命辯解，同時環顧四周。

負責商隊護衛工作的冒險者們正在為了保護僱主和乘客而四處奔波。

其中一個人發現了我們，便說：

「紅魔族的兩位大師！真的非常抱歉，兩位是乘客，照理來說實在不應該拜託兩位這種事情，但怪物的數量實在太多了！可以請兩位幫忙嗎？」

說完，那個冒險者從堆在馬車上的東西當中拿出了一把長槍。

「大師？芸芸，妳聽見了嗎，他叫我們大師耶！」

「聽、聽見了啦，我是聽見了沒錯！吶，妳為什麼那麼興奮啊？到底是什麼因素觸動了惠惠的心弦啊！」

難得有人稱呼我們大師，卻一點也搞不清楚狀況的芸芸，從腰部後方拿出魔杖。

「人家叫我們大師耶，聽起來就像保鑣一樣！我們上吧，芸芸。紅魔族的威信全看這場戰鬥了，要保持這樣的心態才行！由我們兩個趕跑牠們吧！」

我如此放話，舉起法杖。

故鄉的大家送給我的法杖尖端的紅色寶石，在陽光底下閃閃發亮。

四面都是一覽無遺的平原。

無論怪物群從哪個方向攻過來，我都可以在牠們抵達這邊之前以爆裂魔法一招清光。

「呼哈哈哈哈哈哈，吾乃惠惠！身為紅魔族首屈一指的天才，擅使爆裂魔法！看我在這個地方炸出一個大隕石坑來！」

聽了我充滿自信的發言……

「不愧是大師！那麼就拜託兩位了！」

剛才拿起長槍的那個冒險者，不知為何刺了地面。

我還在觀察他這麼做有何意義的時候，長槍刺中的部分已經隆起。

「沒什麼啦，只是數目比較多而已，不是什麼強敵！對兩位大師而言更是輕鬆吧！畢竟……」

然後，破開土壤從地底現身的……

「對手只是有名的低等怪物，巨型蚯蚓！」

是直徑有一公尺粗、長度約莫五公尺，肉食性的巨大蚯蚓。

「「！」」

近距離正面看見這種東西，我和芸芸整個人僵住，說不出話來。

四面八方傳來的尖叫和怒吼，聽起來都變得非常遙遠。

啊啊，我大概快要失去理智了吧。

「這些傢伙的身體很軟，攻擊力也不怎麼樣！只是個頭很大、生命力很強，很難死透而已，只要當心別被一口吞掉就不要緊了……」

冒險者好像在說什麼，但我也只是左耳進右耳出。

巨大的蚯蚓，明明沒有眼睛，卻面對著我們。

光是這樣的動作就讓我全身上下都起了雞皮疙瘩。

這時，粉紅色的尖端部分汁水淋漓地張開……！

——這已經是我的極限了。

「惠惠，等等！妳的心情我了解！我非常能夠了解，但是這裡有這麼多人，不可以用那個魔法！會波及到所有人的！」

我開始詠唱爆裂魔法，而芸芸抓住我的披風制止了我。

「放開我！我要把那個噁心的東西炸得粉身碎骨！牠在看我們！牠在看我們啦！」

「我知道啦！我也不想靠近牠，不過我想辦法處理就是了！」

正當我因為巨大蚯蚓的模樣而幾乎要恐慌症發作的時候，芸芸舉著魔杖，站上前去。

仔細一看，芸芸的手臂上也滿是雞皮疙瘩。

這種巨大的蚯蚓似乎會對聲音和震動有反應。

芸芸剛開始詠唱魔法，蚯蚓便鎖定了她。

「過過過、過來了啦！芸芸！芸芸！」

「住手啦，不要推我，快住手！我現在就解決掉牠，別拿我當擋箭牌啦！『Fire Ball』————！」

淚眼汪汪的芸芸帶著扭曲的表情施展了魔法！

魔力高強的紅魔族所施展的魔法，威力和普通魔法師的截然不同。

隨著巨響，芸芸發出的火球將蚯蚓的上半身炸得精光。

「才、才一招！厲害，不愧是紅魔族……！」

「竟然輕鬆收拾掉生命力強韌的巨型蚯蚓……！」

讚嘆之聲從四面八方傳來，不過我想剛才只是因為對蚯蚓的厭惡和恐懼，讓芸芸灌注了大量的魔力吧。

剛才的攻擊完全忽略效率，簡直就是過度殺傷，卻也讓周圍的冒險者在見識到剛才的魔法之後氣勢大振。

一個身穿皮甲的冒險者，握著匕首對我們說：

「這樣肯定沒問題！兩位大師，根據我的『感應敵人技能』，那邊的地面下還躲了一大堆！那邊的就交給兩位了！」

「「咦咦！」」

說完，他就跑去支援商隊的人們了。

就、就算跟我說那邊的地面下還躲了一大堆……！

這時，呼應了那個冒險者所說，「那邊的地面」冒出一道又一道的土堆。

「這這這、這種程度的怪物，還用不著我這個大魔法師出馬！我很擔心剛才給我們餅乾的阿姨和那個小女孩，我去馬車那邊……！」

「如果妳是大魔法師的話應該處理這邊才對吧！討厭——有一大堆啦！惠惠，有本事妳至少不要別開視線，面對前面看著那一大群蚯蚓啊————！」

3

——再次回到馬車裡面。

我們和冒險者們一起順利擊退了成群的巨大蚯蚓之後……

「哎呀——不愧是紅魔族啊！真是太了不起了！沒想到竟然一個人解決了那麼多巨型蚯蚓！」

「就是說啊，我只聽說過紅魔族全都是優秀的魔法師，可從來沒想過居然強到這種地步！」

「而且照妳剛才的說法，那樣算是還沒出師啊？真是太驚人了……！」

盛情難卻之下被安排在馬車正中間的位置坐下的芸芸，被乘客和冒險者們褒上了天，滿臉通紅地低著頭。

後來，極度緊張的芸芸將大量的蚯蚓們全都燒死，等到大家回過神來才發現有一半以上的敵人是芸芸解決掉的。

要是繼續待在原地的話，很可能有其他覬覦蚯蚓屍體的怪物靠近那個地方，所以大家也結束了休息時間，繼續上路。

之後就像現在這樣。

大家不斷追問最為活躍的芸芸，舉凡旅行的目的等等，讓她應接不暇。

「不過，有妳在這班車上真是太幫了我們一個大忙。到了阿克塞爾，請務必讓我們好好答謝妳。照理來說實在不應該讓沒有接下護衛委託的妳做這種事情才對，所以至少讓我們照既定的護衛費用付妳錢吧！」

「這……這怎麼好意思……我又沒有什麼大不了的貢獻……」

或許是因為不斷被誇獎而感到害臊吧，芸芸嘟嘟噥噥地不知道說了什麼。

至於我……

「大姊姊比蝴蝶結姊姊還要厲害更多對不對？這樣的話，就算來了更強更強的怪物也不用怕呢！」

「……就是說啊，要是出現更強的怪物的話就該輪到我上場了。到時候大姊姊再讓妳見識一下大姊姊的必殺魔法。」

「我好期待喔！」

則是坐在距離芸芸兩個座位的窗邊，被小女孩這麼鼓勵。

不應該是這樣的啊……

姑且讓我辯解一下，在那個狀況下施展爆裂魔法還是不太好，肯定會波及馬車和一般乘客。

所以，儘管是有點被蚯蚓嚇到，但交給芸芸處理還是比較適當的做法……

「話說回來，我聽說紅魔族高調又浮誇、好戰又瘋狂，但妳看起來和一般人沒什麼兩樣呢！」

「就是啊，既謙虛，又老實。我對紅魔族的印象徹底改觀了！」

「我聽到車上有紅魔族，一開始還有點膽戰心驚呢，看來是我多慮了。」

「オオ、才沒有呢……我在故鄉可是被當作怪胎看待……」

「少來了！應該說，妳雖然說自己還沒出師，不過其實是紅魔族當中排在最前面的強者吧？」

「說的也是，誰相信那樣叫作還沒出師啊。我聽說，紅魔族在報上名號的時候的同時，還會報上類似稱號的部分不是嗎？妳大可以自稱是紅魔族第一的魔法高手之類的吧？」

……

「大姊姊，妳有哪裡會痛嗎？剛才戰鬥的時候受傷了嗎？」

見我用力咬牙切齒，坐在對面的小女孩如此表示擔心。

「——他們說我是紅魔族第一的魔法高手耶。好害臊喔……」

終於重獲自由的芸芸回到我旁邊的座位，顯得莫名開心。

唔唔唔唔……！

「妳打倒的只是一大群小怪，要不是周圍有人的話，我的魔法肯定可以打倒更多蚯蚓！不要以為這樣贏過我了！」

「我、我才沒有覺得自己贏過妳了呢！只是……這、這輛馬車的人們比較認同我一點而已……」

芸芸連忙這麼說，臉上卻是掛著傻笑，一臉心花怒放的樣子。

……害我有點火大。

「來決鬥吧！下次休息的時候，我們來一決勝負！」

「怎、怎樣啦，妳想打架喔！可以啊，我接受妳的挑戰！這麼說來，畢業之後我們就沒有決鬥過了呢！我們兩個都已經會用魔法了，現在正是賭上『紅魔族首屈一指的魔法高手』的寶座，一決高下的時候！」

「啊，那就算了。我不想為了這種勝負賭上紅魔族首屈一指的寶座。」

「妳、妳給我等一下！哪有贏家這樣落跑的啦！」

我轉頭不看大聲嚷嚷的芸芸，望向窗外。

「…………？」

「妳有沒有在聽啊？妳不接受挑戰的話，就是我贏……！……惠惠，怎麼了？妳又看見奔跑蜥蜴在賽跑了嗎？」

「……沒有，大概是錯覺吧。」

芸芸一臉傻愣地這麼問我，但我告訴她沒什麼。

……雖然我覺得好像看到某種影子。

或許是某種大鳥為了吃剛才打倒的那些蚯蚓，從馬車上面飛過吧。

應付起再次開始胡鬧的芸芸之後，我便淡忘了那個影子——

4

「大師請用！請多吃一點，多多少少恢復一下消耗掉的魔力吧！」

「謝、謝謝。」

「…………」

在那之後我們順利前進，來到日已西沉，天色完全變暗的時刻。

我們將馬車停在水源附近，就地紮營。

圍著有如營火一般的火堆，芸芸被商隊的領隊請了過去。

「話說回來，才十三歲就有這等魔法功力的人應該沒幾個吧。這在紅魔族的村落是稀鬆平常的事情嗎？」

「沒、沒有啦，我的同班同學當中，還有人已經會用上級魔法了呢。我不能說是正常，甚至只能算是半調子……」

「上級魔法！居然有人那麼年輕就會用上級魔法了嗎！不愧是傳說中連魔王軍也害怕的紅魔族！」

商隊的領隊似乎非常喜歡芸芸。

他在火堆上烤了一大塊看起來很好吃的肉，殷勤地招呼著芸芸。

「…………」

「……………惠、惠惠也吃嘛，很好吃喔！」

發現把點仔放在大腿上的我正看著她，芸芸便這麼說。

唔……總覺得現在吃下去就輸了。

在剛才的戰鬥中我沒能有所發揮，是因為旁邊有人。

要是敵人可以在更寬廣的地方散開的話，我怎麼可能落於人後。

人稱紅魔族首屈一指的天才的我，不會因為一次失敗而氣餒！

「妹妹也請用吧。來來來，多吃一點才可以變得像姊姊一樣喔。」

「……我們是同班同學。」

「咦！那、那還真是失禮了，因為……芸芸小姐在很多方面都很成熟，害得我不小心誤會了……」

「喂，你對我的發育有意見就說啊，我洗耳恭聽。」

正當我在找領隊的碴的時候，一名護衛冒險者走了過來。

從他的皮甲和匕首看來，職業應該是盜賊吧。

「我巡視過周邊了，附近感覺不到怪物的氣息。」

看來他一直在戒備周遭的狀況，直到現在。

「那麼，就留最低限度的人員負責監視，大家早點休息吧。怪物多半都很怕火，但若是智能較高的怪物，火光反而有可能吸引牠們靠近。請你也這麼轉告其他冒險者們。」

聽領隊這麼說，那個冒險者點了一下頭，準備去找其他冒險者。

「啊，對了，我還是跟你一起去好了，由我直接指示大家。」

領隊連忙這麼表示之後，便和過來報告的冒險者一起跑去別的地方了。

……看來，他是不想繼續被我糾纏了吧。

大概是因為長途跋涉累積的疲憊，其他乘客早就在馬車裡睡著了。

火堆前面，只剩下我和芸芸兩個人。

「……吶，惠惠。今天，我表現得很不錯吧。」

芸芸有點開心地這麼說。

「哦，這是在嗆我這個毫無表現的人嗎？」

「不、不是啦！我又不是這個意思，不要一點一點逼近我好嗎！」

先是因為我一點一點逼近她而陷入一陣慌亂之後，芸芸重新調整好心情，害臊地說：

「……妳也知道，就是……我在村裡的時候，不是很不起眼嗎？」

「是啊。我偶爾還會懷疑妳是不是用了潛伏技能呢。」

「妳給我等一下……算、算了，現在先不跟妳計較這個。然後啊，今天我表現得算是相當活躍，有很多人都仰賴著我不是嗎？」

芸芸低著頭這麼說，顯得很高興。

……這時，我發現，大腿上的點仔盯著某個點一直看。

「所以啊，這讓我稍微有了點自信。然後啊，其實我本來是想等到學會上級魔法再說這種話的……可是惠惠，如果妳願意的話，可不可以……和、和我一起……」

點仔凝視的地方是火堆的另外一邊。

牠目不轉睛地盯著那片黑暗。

難道有什麼東西嗎？

正當我這麼想，準備站起來的時候……

隨著一陣振翅聲，有東西從點仔凝視的那片黑暗當中飛了出來。

「一、一起組…………隊？」

飛出來的那個東西搶走了點仔，然後準備直接回到黑暗之中……

「……這是某種嶄新的搭訕新招嗎。點仔三兩下就被外帶回家了呢。」

「等一下————！」

從黑暗中飛出來的，不只準備帶走點仔的那一隻。

隨著嘈雜的振翅聲接連出現的——

「呀啊啊啊啊！是巨型蝙蝠！有一整群巨型蝙蝠——！」

是大小足以被誤認為是老鷹的巨大蝙蝠，在火光之中攻向我們！

5

在散亂的蝙蝠屍體的環繞之下，我抱著點仔。

「呼——真是好險啊。妳差點就被抓去吃掉了耶！」

「……」

我對點仔這麼說，而芸芸以有話想說的眼神看著我，呼吸非常急促。

「芸芸，辛苦妳了。妳表現得真是太棒了。」

「幹嘛不幫忙啊——！天色這麼暗，其他冒險者的攻擊都打不太到！魔力……我、我的魔力……已經……」

芸芸整個人搖搖晃晃，最後原地坐倒，這時商隊的領隊和冒險者們也都來到她身邊。

我是很想幫忙，但是天色這麼暗，要是我真的轟出爆裂魔法，根本不知道會波及到誰。

「芸芸小姐，辛苦了！妳又救了我們一次呢！說真的，要是這趟旅程沒有妳的話，真不知道我們會變成怎樣……！」

「就是說啊，妳真是個高手！到底要怎樣才能以中級魔法發揮出那種威力啊！」

「吶，要去阿克塞爾的話，就表示妳想找隊友對吧？如何啊？如果妳不嫌棄的話，要不要加入我們的小隊……」

大家口口聲聲這麼誇獎芸芸。

但是，魔力幾乎耗盡的芸芸似乎沒力氣理他們了。

「各位，時間已經這麼晚了，芸芸小姐似乎也用盡了魔力，一副很累的樣子，有話明天再說吧。來，芸芸小姐，請妳好好休息吧！」

聽商隊的領隊先生這麼說，大家便各自解散。

這時，剛才圍著芸芸的冒險者之一瞄了我一眼。

…………

「對了，那個女孩剛才在幹嘛啊？我記得她在對付巨型蚯蚓的時候也只是在一旁晃來晃去而已……」

「笨蛋，她一定是在保護馬車的乘客啦。」

「可是，照理來說，至少也該發個魔法才對吧……」

聽著他們交頭接耳的聲音，我走到芸芸身邊。

原本已經累到癱掉的芸芸一看見我，便露出充滿自信的微笑。

「惠惠，妳覺得怎樣？」

什麼覺得怎樣啊。

我裹著毛毯在芸芸身邊躺下，然後把毛毯拉高到只有鼻子以上的部分露在外面，閉上眼睛。

這並不是因為自己沒有任何表現而心有不甘地鬧彆扭。

「就是，中級魔法也還堪用對吧？妳不覺得我還挺能一戰的嗎？」

「對啦對啦！」

「等、等一下，不要因為妳沒機會發爆裂魔法就鬧彆扭好嗎。所、所以啊……」

我才不是在鬧彆扭！

我也不是在使性子！

「……就、就是啊，我剛才話還沒說完。妳……要不要和我一起組隊……」

我一面因為心有不甘以及自己的窩囊而咬牙切齒，一面左耳進右耳出地聽著芸芸的聲音、並且隨口回應，一面沉沉入睡……

6

隔天早上。

「昨天辛苦妳了！紅魔族真是太可靠了！」

「快快、快別這麼說……我、我真的還不成氣候……」

在不住搖晃的馬車中，芸芸今天依然受到眾人簇擁。

或許是因為還不習慣被稱讚吧，她依然紅著臉、低著頭，但又或許是因為多了點自信的關係，回話的聲音已經和平常沒兩樣了。

對受到大家吹捧的芸芸恨得牙癢癢的我，正看著窗外的景色。

「昨天晚上我已經睡著了，什麼都不知道，大姊姊有沒有打倒怪物啊？」

這時，坐在對面的小女孩天真地這麼問我。

「大姊姊是緊要關頭的最後王牌。真正的強敵出現的時候才會輪到我上場。所以，昨天晚上也是那個跟班大姊姊幫忙清場的。」

「等一下！我聽見了喔！」

被安排在馬車的正中央座位的跟班大聲抗議。

「話說回來，這已經是第二次怪物襲擊了呢。不過，應該不可能再被襲擊了才對。我們就悠閒地享受抵達阿克塞爾之前的旅程吧。」

「就跟妳說別講那種會豎立旗標的話嘛！俗話說有二就有三耶！」

對於過度擔心的芸芸這番發言，我一笑置之。

——最後一隻哥布林倒地的同時，我嘆了一口氣。

「呼……總算解決了。有我們紅魔族在，總會有辦法搞定的啦。」

「明明就是我和冒險者們打倒敵人的，為什麼妳說得像是自己賣力工作過了似的啊！惠惠明明就只有到處晃來晃去而已吧！明明就再三警告妳不要講那種會立起旗標的話！會這樣接二連三遭到怪物襲擊都是惠惠害的啦！」

聽芸芸這麼說，我環顧四周。

附近躺了一堆小朋友大小的人形怪物——哥布林的屍體。

……該怎麼說呢，就是……

我想應該和我沒有關係才對，但這已經是怪物們第三次襲擊這輛馬車了呢。

再怎麼說，這麼多人的商隊在這麼短的時間內遭到襲擊的次數高達三次，都是一種異常事態。

……真的是因為我說了不該說的話嗎？

儘管對手只是哥布林，數量多到這種程度對付起來還是很辛苦的樣子，上氣不接下氣的冒險者們紛紛癱坐在地上。

偏偏是在距離阿克塞爾沒多遠的地方遭受襲擊。

……這趟旅程真是有夠悽慘。

從紅魔之里請人用瞬間移動送我到阿爾坎雷堤亞，再坐馬車到阿克塞爾。

明明只是這樣的旅程，為什麼會變得這麼辛苦啊？

無論是在阿爾坎雷堤亞和那個怪老頭四處奔波也好，還是馬車之旅碰上的戰鬥也好……

正當我回想起之前的種種騷動時——

「大姊姊。」

躲在馬車裡的小女孩，在阿姨的陪同之下露了臉。

然後……

「還有大哥哥們……謝謝你們。」

說完，她對大家嫣然一笑。

這句話，讓癱坐在地上的冒險者們臉上也浮現了笑意。

能夠看見這種笑容的話，剛才的辛勞也算是得到回報了。

「不客氣。這種程度的怪物算不了什麼。」

「所以說，什麼都沒做的惠惠為什麼可以擺出一副自己最賣力的樣子啊！到頭來妳明明什麼都沒做！」

幾乎耗盡所有魔力，並癱在地上的芸芸猛然站了起來，如此咄咄逼人。

冒險者和乘客們看見這一幕，也不禁笑出聲來。

——就在這個時候。

「『Cursed Lightning』！」

女性的尖細喊聲大響，一道閃光奔馳而來。

來自空中的那道閃光，貫穿了繫在馬車上的一匹馬的頭。

瞬間失去了頭部、連嘶鳴都來不及的馬應聲倒地，看見這一幕，癱坐在地上的冒險者們都跳了起來。

我連忙順著魔法射來的方向抬頭一看——

「呵呵，看來你們已經很累了呢。這次我一定要把沃芭克大人要回來。我已經看穿妳們的斤兩了。在這種地方也不會有人來救妳們。妳們可別以為可以像紅魔之里和阿爾坎雷堤亞那個時候一樣，船到橋頭自然直喔。」

這麼說的她，這次已經毫不掩飾自己的真實身分。

憑著長在背上的翅膀飛舞在空中，上位惡魔厄妮絲就在我的眼前。

我重重嘆了口氣。

「妳也真是夠煩人的。這個孩子是我們家的點仔。妳也差不多該死心了吧？」

說著，我把黏在腳邊的點仔抱起來，炫耀給她看。

原本以為把這隻厚臉皮的使魔抱起來當擋箭牌，厄妮絲看了就會驚慌失措，然而事實卻不如我的預期。

她緩緩降落到地上，一臉氣定神閒地說：

「該死心的是妳吧……應該說，我都已經付錢了，要是妳不願意交出沃芭克大人的話，就把錢還給我。」

「！」

聽見還錢兩個字我瞬間抖了一下，但這種時候可不能屈服在對手之下。

「我我我、我才不會因為這種威脅而屈服呢，而且和惡魔交易的時候，就算片面毀約或欠債不還也不會受罰，阿克西斯教徒是這麼告訴我的！」

「阿克西斯教徒確實是這麼說過沒錯，但是這樣再怎麼說也太過分了吧！惠惠，要還錢我可以先代墊，現在還是先請她回去……」

來到我身邊的芸芸如此提議，但表情扭曲的厄妮絲額頭上冒出青筋，破口大罵：

「所以我才說人類是種無法相信的生物！我們惡魔之所以廢止以靈魂換取願望的服務，也是因為你們每次都先讓我們實現願望，再找一堆狗屁不通的歪理拒絕支付，而且不可能的願望又太多！你們人類給我活得更真誠一點！」

沒想到居然會聽見惡魔叫我活得更真誠一點呢。

這個惡魔過去是不是經歷過什麼很悲慘的遭遇啊。

「無論如何，就算妳現在還我錢，我還是要把沃芭克大人帶走！好了，你們當中最強的戰力，也就是另外一位紅魔族小妹妹！我知道妳的魔力已經用盡了！也就是說，你們當中已經沒有人能夠和我對抗了。其他冒險者也不要輕舉妄動喔！我的能力，可是足以將在場的所有人殺得片甲不留喔！別再讓我浪費無謂的時間了，乖乖把沃芭克大人交給我吧！」

……嗯？

既然厄妮絲知道芸芸的魔力用完了，就表示她是一直觀察我們的戰鬥到現在這一刻，才算好時機跳出來的囉。

不，就算是這樣還是有點不太對勁。

她宣稱芸芸是我們之中最強的戰力是怎麼回事。

明明就還有我這個紅魔族首屈一指的天才沒出動，就斷定沒有其他人能夠對抗她，讓我覺得很不爽。

「不好意思，我的魔力還剩很多喔。應該說，我才是這個商隊當中的王牌。如果妳可以再更緊張一點的話，我會比較……」

「閃一邊去啦，冒牌紅魔族。」

……

「喂，誰是冒牌紅魔族，妳說清楚啊，我洗耳恭聽。妳以為本小姐是誰啊，吾乃……」

「不就是個不會用魔法的大法師嗎？我才不會一而再、再而三地失敗呢。從阿爾坎雷堤亞到這裡的路上，我已經確實觀察過妳了。」

在到這裡的路上觀察我……

我靈光一閃。

這麼多人的商隊被怪物襲擊了這麼多次，一般來說是不可能發生的事情。

「那些大蚯蚓和巨型蝙蝠，還有哥布林的襲擊……難不成，都是妳幹的好事嗎？」

聽我這麼說，厄妮絲滿心歡喜地揚起嘴角：

「妳發現啦？沒錯，妳一次又一次把我害得那麼慘，所以我給了妳一點小小的報復。像我這種程度的上位惡魔，只要稍微運用魔力散發一下殺氣，就可以趕跑弱小的怪物……沒錯，我就是想看妳露出這種表情！這種心有不甘的表情！」

該、該死的傢伙……！

「照理來說這趟馬車之旅應該非常舒適才對，卻因為妳害我被當成一無是處的傢伙！這個代價……」

可是非常昂貴啊！

就在我準備這麼放話的時候，看似盜賊的冒險者出其不意地跳向厄妮絲！

應該說，我也是一直到這一刻才發現那個冒險者。

我想，他一定是用了「潛伏」技能，一點一點靠近了厄妮絲吧。

撲向厄尼斯的那個冒險者……

「少礙事！」

被厄妮絲隨手揮出的拳頭打中，飛得老遠。

原本還在觀察事情發展，準備伺機而動的其他人，看見這一幕都愣住了。

被攻擊的那個冒險者動也不動。

仔細一看，飛得老遠的那個人，手臂歪向奇怪的方向，完全失去了意識。

「混帳……！喂，兄弟們！包圍她！」

那個人一定就是冒險者們的領隊吧。

看似戰士的重裝備冒險者對其他冒險者們做出了指示，一起攻向厄妮絲！

7

「——這、這個傢伙是怎樣，亂強一把的……！為什麼這麼強的大咖惡魔，會出現在新近冒險者的城鎮附近啊！」

一名冒險者丟掉被打碎的盾牌殘骸並且如此吶喊，都快哭出來了。

——戰況十分慘烈。

冒險者們接二連三倒下，其中還有人身受重傷，要是不馬上急救的話很有可能沒命。

原本有二十名以上的冒險者們，除了我和芸芸以外，現在只剩下兩個人還站著了。

乘客們就連棄車逃跑都辦不到，只能擔驚受怕地看著戰況。

我和芸芸原則上也是乘客，但有能力戰鬥的我們總不能躲進馬車裡。

儘管已經耗盡魔力，芸芸依然拔出銀色的短劍，等著厄妮絲露出破綻。

至於我……

「厄妮絲，一決勝負！和我一決勝負吧！吾乃人稱天才之人，乃紅魔族首屈一指的魔法高手！妳的目的是點仔對吧！只要妳贏得了我，這顆毛球自然就是妳的東西……妳給我差不多一點，聽我說啦！」

即使用點仔當餌釣她，厄妮絲還是完全不理會我，我只能獨自焦急不已。

冒險者們願意參戰是讓我很感激，但就是因為有他們在我才不能使用爆裂魔法。

我原本想挑戰厄妮絲，換個地方決鬥再搞定她的，但是……！

「……我要先把有任何一點抵抗能力的傢伙全部收拾掉，最後再對付妳。我不會再跟著妳的步調走了。再說，妳不會用魔法的這件事已經被我看穿了。回想起來，我們第一次見面的時候，另外那個小妹妹發了魔法，但妳卻沒有要用魔法的意思。妳們在阿爾坎雷堤亞遇見我的時候也是。如果妳會用魔法的話，至少會詠唱一下吧。」

看都沒看我一眼的厄妮絲這麼說。

我不會用魔法？

這麼說來，她剛才好像也說過類似的話。

不，那個時候是因為我不方便在紅魔之里使用爆裂魔法，在阿爾坎雷堤亞是因為總不能在城鎮裡面詠唱爆裂魔法吧……

「那時我就想通了。說不定，妳是因為某些原因而不會用魔法。於是我為了保險起見，驅使那些怪物去攻擊妳們，結果事情正如我所料！明明三度遭受襲擊，妳卻沒用過任何一次魔法！」

厄妮絲欣喜若狂地如此大喊，同時朝剩下兩個冒險者當中的一個衝了過去。

冒險者情急之下舉劍反擊，但厄妮絲隨便一抓就接下了劍，然後順勢往他的胯下一踢。

穿著沉重的全身鎧的冒險者因為踢擊的威力而瞬間浮空。

那個冒險者口吐白沫、昏了過去，整個人癱軟倒地。

「……妳好像對我有某種重大的誤會。我之所以沒用魔法，是因為如果我解放了強大的力量，將導致身邊的人們蒙受其害。是我顧慮眾人，不想波及他們，才會變成這樣……現在，正是我們一決勝負的時候……！」

「妳這個只會出一張嘴的紅魔族，說夠了沒啊！一下子拿沃巴克大人當擋箭牌，一下子拿來當誘餌，千方百計避免戰鬥，事到如今才說要一決勝負？反正妳一定又有什麼詭計了對吧！我才不會一再上妳的當呢！」

厄妮絲對最後一個冒險者舉起了手。

「『Lightning』！」

「啊嘎嘎嘎……！」

剛才一直空手戰鬥的厄妮絲突然以魔法發出電擊，臨時來不及反應的冒險者趴倒在地。

這時，芸芸偷偷靠到我身邊來，輕聲對我耳語：

「惠惠，城鎮就在不遠的前方。要是我們逃離這裡，全力衝刺，說不定到得了。」

逃離這裡。

以現在的狀況而言，確實是走為上策。

我瞄了一下商隊的馬車，和那個小女孩對上了眼。

……該怎麼辦呢？

只要我帶著點仔逃跑，厄妮絲大概會過來追我吧。

而且，為了避免波及點仔，她應該不會用強力的魔法才對。

應該是這樣才對，但是……

「我可以猜中妳現在在想什麼喔。妳想拿沃巴克大人當成擋箭牌，逃到鎮上去對吧？不要以為每次都能如妳所願！要是妳敢逃離這裡，那些躺在地上，瀕臨死亡的冒險者們，還有躲在馬車裡偷看的傢伙都會沒命。妳以為我是為了什麼而留了那些冒險者一條小命的啊？」

厄妮絲黃色的眼睛閃過危險的光芒，扯著嘴角這麼說。

之前一再拿點仔當人質，現在適得其反了。

……真傷腦筋啊。這下該怎麼辦呢？

「好了，把沃芭克大人交出來吧。要是妳乖乖聽話，我可以不計前嫌，放過你們所有人。」

厄妮絲扯著嘴角，提出了所謂的惡魔的交易。

……我聽說過，惡魔非常重視契約和承諾。

雖然對不起點仔，但這種時候是應該答應這個交易才對呢。

還是……

「不可以！我們才不會把點仔交給妳呢！而且那個孩子的名字並不是沃芭克，是點仔！」

……看來完全沒有煩惱的必要。

就連那個怕生又內向的女孩都這麼說了。

「我拒絕。妳想要這個孩子的話，就靠實力來搶吧。芸芸，把短劍借給我！我要拿點仔當貓質，衝到鎮上去！來吧，厄妮絲！妳剛才說我帶著這顆毛球逃走的話就會加害其他人對吧！但如果妳敢加害他們的話，到時候我會把妳所敬愛的這顆毛球剃成龐克頭喔！」

「──！」

芸芸聽我這麼說，頓時啞口無言，而我一隻手抱著點仔，對她說了聲「我們快跑」，同時伸出空著的那隻手。

這時，厄妮絲朝我們走了過來。

她顯得非常放鬆，嘴角帶著一抹淺笑，朝著我們直線前進。

「……？妳倒是接近得很大方嘛。別忘了這顆厚臉皮的毛球還在我們這邊喔。要是妳現在就離開這裡的話，我會好好把這個孩子養大。好了，如果妳希望這個孩子平安無事的話……」

「我知道妳不敢殺沃芭克大人。哼哼，我再也不會屈服於妳的威脅之下了。」

厄妮絲一面這麼說，一面不住奸笑……

糟、糟糕了，沒想到她會這樣反嗆，我還以為她肯定會避免點仔有任何一點碰上危險的可能性呢！

怎麼辦，該如何是好……！

話雖如此，總不能就這樣把點仔交出去……！

「惠惠退下，這裡由我來……！」

儘管不住顫抖，芸芸依然舉著短劍挺身上前。

總覺得，芸芸好像老是在保護我呢。

「妳拿短劍想幹嘛？用不了魔法的紅魔族，可以說是最沒用的廢物了吧……我說的是另外那個只會出一張嘴的紅魔族就是了。」

…………

「惠惠才不是沒用的廢物！惠惠她……她是……是個比我還要厲害的魔法師！」

芸芸發著抖，嘴上還是不肯認輸。

厄妮絲像是在回應她似的停下了腳步。

「既然如此為什麼不用魔法？……因為她不是不用，而是不會用對吧？我聽說，紅魔族要學會上級魔法才算獨當一面。可是，妳只用過中級魔法。妳叫惠惠對吧？我看，妳還在為了學習上級魔法累積技能點數吧。如何？被我說中了吧，虛張聲勢紅魔族！」

…………

「…………妳從剛才開始就一直沒開口呢。說句話……」

「夠了。」

厄妮絲還想繼續挑釁，而我出言打斷了她的話。

我將抱在左手的點仔換到右手，然後以左手撿起腳邊的法杖。

「夠了。有人找架吵必定奉陪，是紅魔族的鐵律。」

「……？妳在說什麼夠不夠的啊，我一點都……」

「我說夠了就是夠了。妳要不要試試看，我是不是真的只會出一張嘴啊？」

或許是感覺到我散發出來的氣息之危險吧，厄妮絲向後退了一步。

然後，她毫不輕忽地觀察著我，同時說：

「妳是說妳真的會用魔法？妳的威脅和虛張聲勢已經對我不管用了喔。」

說著，厄妮絲顯然提高了警覺。

「惠、惠惠，妳想怎樣……？」

或許是同樣感覺到我身上的危險氣息吧，就連芸芸也提心吊膽地這麼問。

「……妳那麼想要點仔嗎？」

「「咦？」」

我喃喃地這麼說，不只厄妮絲，就連芸芸也驚叫出聲。

感覺到危險氣息的，似乎不只厄妮絲和芸芸。

原本乖乖被我抓著的點仔，也突然開始揮舞四肢掙扎了起來

我將抓著點仔的右手，輕輕拉到腰部後方……

「妳、妳願意乖乖交出來的話，就像我剛才說的，我可以放過妳們……」

「那麼我交給妳就是了，妳『一定』要牢牢接好喔。」

接著瞄準話還沒說完的厄妮絲身後的遠方——

將點仔高高拋了出去。

「惠惠妳搞什麼啊啊啊啊啊啊啊！」

「呀啊啊啊啊啊啊沃芭克大人啊啊啊啊啊啊啊——！」

厄妮絲一面尖叫、一面以驚人的氣勢飛上天，好不容易在空中接住了點仔。

我以雙手重新握好法杖，瞄準為了接住點仔而飛上高空的厄妮絲……！

「住手——！惠惠，妳想幹嘛啦——！停止詠唱，住手住手——！」

我已經開始詠唱爆裂魔法，卻被哭著抓住我的手臂的芸芸給制止了。

「妳幹什麼啊，現在可是絕佳的機會耶！敵人在空中，現在用爆裂魔法轟她的話也不會造成己方的損失！」

「明明就會！就是點仔！妳沒看見點仔和她在一起嗎！」

大概是感覺到我是認真的吧，芸芸一直纏著我不放。

「那是我的使魔，使魔為了拯救主人的危機而死也是莫可奈何的事情。之後我會好好厚葬牠……啊啊，別這樣，放開我的法杖！都被叫成只會出一張嘴的紅魔族了，我可不能在此退縮！」

「我才不會放開呢！誰要放開啊！身為紅魔族，被對手挑釁的時候應該冷靜地當成耳邊風吧！」

正當我和芸芸還在扭打時，天上傳來了異樣的氣息。

我抬頭一看，只見眼中滿是血絲的厄妮絲，一隻手抱著點仔，另外一隻手朝天高舉。

厄妮絲用力鼓動翅膀讓自己漂浮在半空中，詠唱著魔法。

「芸芸！再這樣下去厄妮絲的魔法就要完成了！要是我們被幹掉了，商隊的人們和冒險者們，也很有可能成為她洩憤的目標而喪命！快點放開我的法杖！」

「可是！可是！妳說的我懂，理智上我都懂！但是，惠惠也太薄情寡義了吧！在、在這種危急時刻，根據紅魔族的作風，一定會有幫手從某個地方忽然冒出來……！啊啊啊啊，我在笨什麼啊，最好是會有幫手來啦！神啊、神啊，幸運女神艾莉絲大人啊——！」

「居然在這種時候祈求神助！妳好歹也是紅魔族，要求也該求破壞神吧！我要出招囉……！」

在芸芸的妨礙之下，我握著法杖，硬是開始詠唱爆裂魔法。

視線前方的厄妮絲，已經在空中製造出巨大的火球。

她大概是想把我們燒到連骨頭都不剩吧。

那顆火球的尺寸已經比厄妮絲還要大……！

「被封印在紅魔之里不知名邪神、破壞神，還有女神艾莉絲大人！……順便也求一下，水之女神阿克婭大人……！要是大家能夠平安獲救的話，我會負責矯正惠惠，讓她擁有人類之心！所以算我求祢們，救救點仔和大家吧！」

「妳、妳把我當成什麼了……！放棄吧，這個世界沒有那麼好混，怎麼可能這麼剛好可以如妳所願……！」

就在說到這裡的時候——

一股就連擅使爆裂魔法的我，都為之一震的超強魔力。

我感覺到的那股魔力，強大到很有可能令世界為之一變，害我不禁停止詠唱，轉頭看了過去。

感覺到那股魔力的，似乎不只我一個。

芸芸也抖了一下，和我一起看向同一個方向。

還有……

「……！這這、這股魔力是怎麼回事……！不，這是神氣……？」

厄妮絲帶著一臉比起在阿爾坎雷堤亞差點遭到傑斯塔淨化的時候還要驚恐的表情，中斷了魔法，害怕到無以復加。

簡直就像遇見了與生俱來的天敵似的。

害怕的厄妮絲凝視的方向，當然也和我們一樣。

那就是我的目的地，阿克塞爾。

看來厄妮絲真的非常害怕。

因為，她就連自己抱在手上的點仔溜走了都好一陣子沒發現。

「……啊啊！」

飛在空中的厄妮絲現在才發現自己的失態。

她連忙打算趕上去，卻看見芸芸已經奮力衝向點仔的落地點，便打消了原本的念頭。

芸芸接住了掉下來的點仔。

厄妮絲見狀，露出鬆了一口氣的表情……

「……那、那那、那是什麼啊……！」

然後看向舉著法杖指著她，已經完成爆裂魔法詠唱的我。

我的法杖前端，已經冒出一顆壓縮了龐大魔力，閃閃發亮的白色光球。

在馬車裡觀望著事情發展的乘客們，都屏息望著這顆光球。

就連沒有魔力的他們，都憑本能領悟到這道光非比尋常。

厄妮絲臉色蒼白，吞了一口口水。

「……那是什麼魔法？」

「是爆裂魔法。」

聽我即刻這麼回答，厄妮絲抖了一下。

抱著點仔的芸芸往我這邊衝了回來，但厄妮絲已經顧不了她了，只能目不轉睛地盯著我看。

「……我明白了，這次我就先撤退吧，紅魔族。抱歉，我不該說妳只會出一張嘴。」

「妳不用道歉沒關係喔。紅魔族是一支在戰鬥方面毫不留情的種族。我可沒有天真到會就這樣放過妳喔。」

聽見這句話的厄妮絲，整個人僵在空中。

然後，隨著僵硬的笑容，她迅速伸手對準了我……！

「『Cursed Lightni』……」

「『Explosion』——————！」

比起厄妮絲發出魔法的動作快了那麼一點。

我的必殺魔法，在這一天首次震撼了阿克塞爾的天空——

8

「哎呀，我真是看走眼了！不，我不是懷疑妳的本事，沒錯，我一開始就知道妳是個功力高強的大魔法師！」

坐在完全變成了貴賓座的靠窗座位上，因為魔力耗盡而處於倦怠狀態中的我，聽著商隊的領隊先生這麼讚美我。

我對厄妮絲施展了爆裂魔法之後，馬車收容了大量的傷患，前往阿克塞爾……

「話說回來，紅魔族的真功夫還真是驚人啊。我還以為天地都要翻過去了呢。」

「不，那記魔法明明是往天空發射，地面上卻冒出了一個小型的隕石坑耶？威力未免也太不同凡響了吧。那到底是什麼魔法？我聽說能夠使用上級魔法的魔法師只有少數菁英，剛才那就是嗎？」

面對接二連三的問題攻勢，我一一回答。

其實我很想睡，但這種受人吹捧的感覺令我有點愉悅。

另一方面也是因為同樣幾乎用完所有魔力，和我一樣累癱在隔壁座位的芸芸，正以心有不甘的眼神看著我，而我想多享受一下這種眼神。

「話說回來，那個惡魔還真強呢。不過，再怎麼樣似乎也抵擋不了那陣爆炸就是了。」

一個搗著一隻手，有點難受的冒險者心有所感地這麼說。

——惡魔族是地獄的子民。

即使肉體在這個世界毀滅了，也不保證已經確實打倒。

也有不明消息指出，超大咖的惡魔當中，有一些還可以用俗稱「隻數」的預備靈魂當成替身，當場復活，簡直就和作弊沒兩樣。

話雖如此，我應該已經不會在這個世界碰見厄妮絲了才對。

「話說，那位惡魔小姐在力量方面是很驚人沒錯，在別的方面也很驚人呢……」

…………

在一名冒險者如此起了頭之後，眾人的話題變轉為有關厄妮絲的外貌的感想了。

……在這個城鎮募集隊員的時候，我一定要找個不會性騷擾的正人君子。

就在疲憊不堪的我這麼想的時候——

「吶，惠惠。妳果然厲害，居然連那種惡魔都能打倒……」

坐在我身旁的芸芸，以只有我聽得見的聲量這麼說。

「我厲不厲害還用得著說嗎？再怎麼說，我也是紅魔族首屈一指的魔法使耶。」

聽我這麼說，芸芸有點不甘心，卻又開心地笑了。

「……對了，關於我昨天晚上提過的那件事，還是作罷吧。」

接著，她苦笑著這麼說。

昨天晚上提過的那件事是什麼啊？

這麼說來，昨天晚上，她好像想邀請我做什麼事情，但我不記得了。

而且因為太睏了，我應該只有隨口應付她而已吧……

正當我因為想不起昨晚那件事到底是什麼而不發一語的時候，芸芸似乎誤會了什麼，慌張地說：

「不、不是啦！我不是因為不想和惠惠在一起喔！真的不是……只是，要是繼續這樣待在一起，我很有可能只會絆手絆腳而已。所以……」

芸芸下定了決心，面對我說：

「我要多加修練，等到學會上級魔法之後，再和妳一決高下。到時候……」

在這之後，她好像還說了什麼，但我沒辦法全部聽清楚。

我覺得要修練的話，與其以學會上級魔法為目標，她還不如多鍛鍊一下溝通能力吧。

不過嘛……

「好啊。到時候我們再一決高下。不過，無論妳再怎麼修練，我能想像得到的都只有芸芸哭著走人的模樣。」

「妳就趁現在繼續放話啊！等到我變強的那一天，我一定會讓惠惠主動求我救妳！」

就在半躺在座位上的我們如此鬥嘴的時候，對面的座位傳來聽起來很開心的笑聲。

是給過我們餅乾的阿姨，還有她的女兒。

難得讓她見識到我威風的一面，結果也讓她看見我不好的一面了。

正當我和芸芸都覺得有點害臊的時候——

「吶，厲害的魔法師大姊姊。」

小女孩帶著滿面的笑容說：

「謝謝妳救了媽媽，還有大家！」

……不經意地，我和芸芸相視而笑。

冒險者是不是經常像這樣受到民眾的愛戴與感謝啊。

如果是的話，我真想在這個城鎮好好努力。

「惠惠，這麼說來……」

芸芸一臉莫名認真地說：

「雖然只有一瞬間，不過那個時候，妳有沒有感覺到阿克塞爾那邊冒出一股超強的魔力？簡直就像是……沒錯，簡直就像是有人使用了神蹟級的魔法似的。」

……那也讓我非常介意。

「不知道那到底是什麼呢，在那之後就感覺不到了。應該說，那個時機也太剛好了吧。芸芸那個時候不是在祈禱嗎？說不定是神明一時興起，幫了我們呢？」

「咦咦！可是這下該怎麼辦，那個時候，我好像拜託了各式各樣的神明……而且真的是連邪神和破壞神都求了，對我想得到的所有神明祈禱……」

…………

「應、應該不會怎樣吧。反正大家都已經得救了。」

「是、是沒錯啦，但我還是很好奇這個鎮上發生了什麼事情……」

芸芸這麼說完便陷入了沉思，而我沒有多加理會她，稍微挺起身子，看向窗外。

載著我們的馬車似乎正好進入阿克塞爾，為了安全而放慢了速度。

馬車在石材砌成的城鎮當中前進，發出陣陣聲響。

就在這個時候——

一名眼神因為好奇心而閃閃亮的棕髮少年，和一名發傻地張著嘴，留著一頭水藍色頭髮的漂亮少女，吸引了我的目光。

他們兩個的年紀應該都比我大一點吧。

「……是異世界……喂喂，真的是異世界啊。咦，真的嗎？接下來，我真的可以在這個世界使用魔法，進行冒險嗎？」

少年的自言自語從開著的車窗傳了進來。

他們兩個也是剛到阿克塞爾嗎？

「啊……啊啊……啊啊啊啊…………」

少女一邊不住顫抖，輕聲呻吟。

……這、這兩個人是怎樣。

該說是莫名引我注意，還是格外令我好奇。

「是獸耳！有人長著獸耳！還有精靈耳！那是精靈嗎？五官那麼標緻，應該是精靈沒錯吧！再會了繭居生活！你好啊異世界！如果是這個世界，我願意乖乖出外工作啊！」

「啊啊啊啊…………啊啊啊啊啊…………啊啊啊啊啊啊啊啊啊啊啊！」

少年大聲吼著我不太了解……應該說我也不太想了解的事情。

而少女的顫抖越來越劇烈。

載著我們的馬車，就這樣經過了這兩個怪人身旁。

「喂，妳很吵耶。要是連我也被當成和妳這個腦袋有問題的女人一夥的怎麼辦？先別叫了，像這種時候應該給我一點東西才對吧？妳看，我現在是穿成什麼樣子。運動服耶！好不容易來到奇幻世界，身上卻是整套運動服。這時依照電玩的慣例，應該都會給我最低所需的初期裝備之類……」

「啊啊啊啊啊啊啊啊啊啊啊啊啊啊啊啊啊啊啊啊啊啊啊啊啊啊啊──！」

我從車窗看了一下外面，只見少女抓住少年，掐住了他的脖子。

「嗚喔！妳、妳幹嘛，別這樣！我知道了啦，初期裝備我會自己想辦法弄到手就是。應該說，是我不對啦！既然這麼不願意就算了，妳回去好了。之後的事情我會自己想辦法解決。」

少年一副嫌少女麻煩的樣子，揮著手想趕她走。

「你在說什麼啊？就是因為回不去我才傷腦筋啊！怎麼辦？吶，我該怎麼辦！今後我該怎麼辦才好？」

……雖然不太清楚是怎麼回事，不過看來還是別和這兩個人扯上關係比較好吧。

聽著兩人的大吼大叫，我將視線拉回馬車之內。

接下來該如何是好呢？

我看著不知不覺間已經在我身邊進入夢鄉的芸芸。

聽著外頭的喧鬧聲，我決定也要小睡片刻——

幕間劇場【終幕】

阿克婭大人，我太感謝祢了！

惠惠小姐啟程前往阿克塞爾之後，已經過了好幾天。

我的每一天，又回到了那個可愛的小蘿莉到來以前的平靜生活，但是……

「我的瓊脂史萊姆……」

……沒錯。

那個女惡魔竟然特地用了我的瓊脂史萊姆去做壞事。

目送了惠惠小姐之後，我來到廚房打算調製瓊脂史萊姆，然而……

我故意藏起來的瓊脂史萊姆，卻整袋不見了。

那個女惡魔哪裡不好闖，居然闖進阿克西斯教團的本部，真是膽大包天。

我絕對不會饒過她，絕不輕饒！

和理想中的小蘿莉分開就已經夠難過了，這件事更讓我覺得像是被捅了一刀似的。

早知如此，我就應該順從自己的心情，跟著惠惠小姐一起去阿克塞爾了。

就在我心中充滿憤怒與後悔的這個時候……

「神諭降臨啦啊啊啊啊啊啊啊——————！」

傑斯塔大人突然放聲大喊。

到底是怎麼了，老年痴呆症終於發作了嗎？

他原本就有很多怪異行徑，但我真沒想到他的嘴裡會冒出神諭這兩個字……

除了我以外，許多教團員們也以憐憫的眼神看著傑斯塔大人。這時，傑斯塔大人亢奮地高舉起雙手……

「我接收到阿克婭大人的神聖電波！大家聽好了！阿克婭大人！阿克婭大人在距離這裡稍遠的地方發出了電波，說祂碰上麻煩了！」

說出了這種讓人無法聽過就算了的事情。

「阿克婭大人有麻煩了？」

「傑斯塔大人。平常無論你說了多腦殘的話，我們都可以當成耳邊風，但是拿阿克婭大人來開玩笑，我們可笑不出來喔。」

在教團員們以狐疑的眼神注視之下，傑斯塔大人露出一臉亢奮到昏了頭的表情。

「『我是阿克婭。沒錯，就是阿克西斯教團所祭拜的神體，阿克婭女神！若汝是我的信徒……！……能不能請汝幫個忙，借我一點錢。』……這應該是阿克塞爾那個方向吧？我從那個地方接收到如此的神聖電波！」

傑斯塔大人如此斷言，眼神是那麼堅定。

雖然平常是個無可救藥的人，但傑斯塔大人好歹也是個虔誠的阿克西斯教徒。

這個城鎮的阿克西斯教徒們，對於他對阿克婭大人的信仰心也非常肯定。

別的事情就算了，攸關阿克婭大人的話，他絕對不會說出貶低女神的謊言。

說到阿克塞爾，就是惠惠小姐去的那個城鎮。

……這是天啟。

「雖然不知道是怎樣的狀況，但阿克婭大人想要錢是千真萬確的事情。不知道阿克塞爾是發生了什麼事情，不過，那裡恐怕即將面臨某種危機吧……」

這是阿克婭大人給我的天啟。

沒錯，阿克婭大人的聖言當中，有一句是這樣說的——

『汝，若是有煩惱之事，就開心地活在當下。隨波逐流，樂得輕鬆吧。』

「所以了，我想派人去阿克塞爾看一下狀況。」

『不要壓抑自己，順應著本能前進吧。』……女神是這麼說的。

傑斯塔大人環視在場的阿克西斯教徒……

「有沒有人願意去阿克塞爾一趟──」

而我舉起手的時機，幾乎就在他這麼開口詢問的同時。

──阿克婭大人，我太感謝祢了！

終章

在阿克塞爾的某間旅店。
那個商隊的領隊先生為我準備了房間，當作是擊退惡魔的謝禮。
我拖著疲憊的身體，搖搖晃晃地走進準備好的房間之後，就直接往床上一躺。
……好睏。
在魔力耗盡的狀態下會覺得身體十分沉重，而且非常想睡。
不過，我這麼想睡應該不只是因為魔力耗盡吧。
仔細想想，自從離開紅魔之里之後，還真是碰上了許多事情。
我在那個村里過了那麼久的那種生活，究竟算是什麼呢？
外頭的世界，有太多非日常的事情了。
在這麼短的時間內，我實在是碰上太多麻煩了。
……話雖如此，遇見那些怪人，也算是一點還不錯的回憶啦——
這時，我感覺到有什麼東西踩在我的背上。
大概是我那隻厚臉皮的使魔，趁主人身體虛弱的時候就放肆起來了吧。
我迅速起身，抓住坐到我背上的點仔，把牠拖進被子裡。

結果，因為這個動作，讓之前被我丟在床上的行李裡面的東西掉了出來。

我發現掉出來的東西當中有本熟悉的故事書，便一面躺下，一面隨手拿起那本書。

——那是非常有名的，很久很久以前的故事。

某個地方，有個人稱天才的少年。

那個少年具備神奇的力量，只是稍微戰鬥一下，就可以瞬間變強。

冒險者們都很崇拜那個少年，同時也很懼怕他。

少年一直都是獨自一人。

而就在這個時候。

一群無所畏懼的冒險者，說要和他組隊。

但是那名少年說：

「只要有外掛就不需要同伴了。單打就可以了，賺多少都是我自己的，單打最棒了！」

那名少年擁有的力量，確實足以讓他一個人打天下。

少年非常強悍，單槍匹馬打倒一個又一個魔王的爪牙。

因為和少年正面衝突也沒有勝算，被逼急的魔王便陷入思考。

到底該怎麼做才能打倒少年呢？

於是，魔王發現少年總是單打獨鬥。

少年攻進魔王城時，與之對峙的魔王軍幹部說：

「哪有勇者像你這麼孤單的啊，太好笑了吧！照理來說應該都是和夥伴同心協力，克服種種困難之後打倒魔王，這樣才是標準勇者吧！你就連朋友也沒有，到底是為了什麼，又是為了誰而戰？你乾脆加入魔王軍算了啦，我們這邊可是美女如雲喔！」

魔王的幹部又說，等你想到答案再來吧，於是少年便乖乖回去了。

不久之後，少年再次攻進魔王城。

然後他與魔王軍幹部對峙時說：

「我不是孤單，而是孤傲的單打玩家。我也不是沒有朋友，而是故意不交朋友。我知道找來同伴只是絆手絆腳罷了……而且，虧你還敢說什麼美女如雲，我才不會因為那種甜言蜜語而上當呢！和魔王交易的下場肯定很慘吧？我啊，可是為了人類的和平而戰！懶得理你了，我的目的是魔王的首級！現在我就放你一馬，快滾吧！」

見少年指著自己的鼻子斬釘截鐵地這麼說，魔王軍幹部回應道：

「你剛才的台詞，如果不是苦心思考了一個星期之後才說的話，或許還有點帥吧。」

——少年終究還是沒有放過魔王軍的幹部。

暴跳如雷的少年就這樣一個人往魔王城的最深處進攻。

已經沒有任何人能夠阻止少年了。

最後，少年來到魔王面前。

從古至今，勇者和魔王對決的規矩，就是一對一單挑。

然而，在魔王的面前……

卻滿是試圖保護魔王的部下們。他們明知道是違反規則也不肯退讓，即使面對有史以來最強的勇者，也無意竄逃。

——我闔上故事書，小心翼翼地收到包包的最裡面

人稱天才，一直獨力戰鬥的少年，難道不像我有個競爭對手嗎？

難道沒有一個說話囂張卻還是非常可愛的妹妹，或是類似的家人嗎？

——那是所有人都聽過的，最後被稱為魔王的少年的故事。

舒適的睡魔降臨，我沒有絲毫抵抗，就此閉上了眼睛。

在這個城鎮裡，能遇見我所追尋的好夥伴嗎？

要是能夠遇見的話，會是怎樣的夥伴呢？

如果可以的話……

希望會是像不害怕那個少年，並找他攀談的那個小隊那樣的一群人——

賽西莉　傑斯塔

厄妮絲

阿克婭　佐藤和真

SPECIAL THANKS

御劍響夜

紅魔之里的各位

阿爾坎雷堤亞的各位

各位阿克西斯教徒

各位艾莉絲教徒

各位馬車乘客

各位護衛馬車的冒險者

—完—

把頭髮放下來的芸芸。

STAFF

原作／暁 なつめ

我是被鄰居當成大白天就在街坊遊手好閒的可疑分子，
自稱作家的暁なつめ。既然是後記，我也很想和其他作家一樣，
在此稍微說明一下作品。但這部作品的讀者很有可能會說，
與其說明作品還不如來秀一招什麼有趣的才藝吧，
所以我就不說明了。而且頁數也不夠！
事情就是這樣，這集也一樣對參與本書製作的所有人員，
以及拿起本書的各位讀者，由衷致上謝意！

插畫／三嶋くろね

再怎麼鬥嘴，
到頭來還是最喜歡彼此的惠惠和芸芸真是教人難以抗拒……！
真是好一對競爭對手啊！

報導本文

有夠會

編輯

角川sneaker文庫編輯部

CAST

惠惠　芸芸　米米　點仔

有夠會　冬冬菇　軟呼呼

切Ｋ烙　綠花椰宰

國家圖書館出版品預行編目(CIP)資料

為美好的世界獻上祝福!外傳 為美好的世界獻上爆焰!. 2, 芸芸的回合 / 曉なつめ作 ; kazano譯. -- 初版. -- 臺北市 : 臺灣角川, 2015.11
面； 公分. -- (Kadokawa fantastic novels)

譯自：この素晴らしい世界に祝福を!スピンオフ：この素晴らしい世界に爆焔を!ゆんゆんのターン
ISBN 978-986-366-803-9（平裝）

861.57 104019843

Kadokawa Fantastic Novels

為美好的世界獻上祝福！外傳

為美好的世界獻上爆焔！ 2

芸芸的回合

（原著名：この素晴らしい世界に祝福を！スピンオフ この素晴らしい世界に爆焔を！ 2ゆんゆんのターン）

2015年11月25日 初版第1刷發行
2024年8月8日 初版第13刷發行

作 者：暁なつめ
插 畫：三嶋くろね
譯 者：kazano

發行人：台灣角川股份有限公司
總監：呂慧君
總編輯：蔡佩芬
主編：林秀儒
副主編：楊鎮遠
設計指導：陳晞叡
美術設計：李思穎
印務：李明修（主任）、張加恩（主任）、張凱棋、潘尚琪

發行所：台灣角川股份有限公司
地址：104台北市中山區松江路223號3樓
電話：（02）2515-3000
傳真：（02）2515-0033
網址：www.kadokawa.com.tw
劃撥帳戶：台灣角川股份有限公司
劃撥帳號：19487412
法律顧問：有澤法律事務所
製版：尚騰印刷事業有限公司
ISBN：978-986-366-803-9